»Wer etwas für Geschichten übrig hat, die auf besondere Art erzählt sind, für eine Prosa, von der das Funkeln der Poesie ausgeht, für Texte, die anspruchsvoll sind, einen aufmerksamen Leser verlangen – der kann indem Band ›Flamingos‹ von Ulrike Almut Sandig eine große Entdeckung machen. (…) Das Wunderbare an diesen Geschichten ist auch, dass sie ihr Geheimnis bewahren, nicht alles aufgelöst wird. So nämlich bewegen sie sich nach dem Lesen in uns weiter.«

Tomas Gärtner, Dresdner Neueste Nachrichten

»Tatsächlich sind ihre Texte so lebendig, so anschauungsgesättigt, dass dem Leser überlassen bleibt, den einfachen oder doppelten Leseweg einzuschlagen, die Szenen vom Sterben eines alten Mannes, die Geschichte kindlichen Missverstehens oder die Bilder vom langsamen Abschied einer blinden Cellospielerin zusammen mit dem zugehörigen Gedankenspiel über die Falltüren realistischen Erzählens zu lesen oder nicht.«

Sibylle Cramer, Süddeutsche Zeitung

»Je weiter sich die Protagonisten dieser Prosa in die Welt hineintasten, desto tiefer zieht sich ein Riss durch die sich immer mehr verrätselnde Welt.«

Michael Braun, Basler Zeitung.

Ulrike Almut Sandig, 1979 geboren, aufgewachsen bei Riesa, lebt in Leipzig. Sie studierte Religionswissenschaft und Indologie sowie am Deutschen Literaturinstitut in Leipzig. Bisher erschienen die Gedichtbände ›Zunder‹ (2005), ›Streumen‹ (2007) und ›Dickicht‹ (2011), das Hörbuch ›der tag, an dem alma kamillen kaufte‹ (2006, gemeinsam mit Marlen Pelny), die Hörspiele ›Hush little Baby‹ (2008) und ›Unter Wasser‹ (2010) sowie ihre erste Prosaveröffentlichung ›Flamingos‹ (2010). Ihre Gedichte wurden vielfach ausgezeichnet, darunter mit dem Leonce-und-Lena-Preis 2009. 2010 erhielt sie für ›Flamingos‹ den Debütpreis der lit.COLOGNE und den Preis der Hotlist der unabhängigen Verlage, zudem das Märkische Stipendium 2012.

Weitere Informationen, auch zu E-Book-Ausgaben, finden Sie bei www.fischerverlage.de

Ulrike Almut Sandig
Flamingos
Geschichten

Fischer Taschenbuch Verlag

MIX
Papier aus verantwortungsvollen Quellen
FSC® C083411
www.fsc.org

Veröffentlicht im Fischer Taschenbuch Verlag,
einem Unternehmen der S. Fischer Verlag GmbH,
Frankfurt am Main, August 2012

Lizenzausgabe mit freundlicher Genehmigung
des Verlages Schöffling & Co. Verlagsbuchhandlung GmbH, Frankfurt am Main

Druck und Bindung: CPI – Clausen & Bosse, Leck
Printed in Germany
ISBN 978-3-596-19216-8

Inhalt

Inhalt

FLAMINGOS stehen in Gruppen, aber jeder Einzelne ist allein. Sie halten Abstand. Sie sind wachsam. Wir finden sie hässlich. Wir finden sie schön. Sie sehen aus, als würden sie brennen, aber das ist nicht wahr. Sie sehen aus, als wären sie nicht kaputt zu machen, aber auch das ist nicht wahr. Sie erwecken den Anschein, als wären sie gar nicht da. Sie sind aber da. Sie stehen mitten unter uns, und sie sind schwer. Doch auf der Oberfläche der seichten Gewässer laufen sie uns davon. Und dann fliegen sie auf.

Über mich

Das ist die Geschichte von jemandem, den es nie gegeben hat. Sie handelt von mir. Ehrlich gesagt ist es keine Geschichte, in der besonders viel passiert. Ich kann weder berufliche noch familiäre Höhepunkte vorweisen, auf die ich hoffnungsvoll und gelegentlich auch größenwahnsinnig hingearbeitet hätte. Es gibt auch keinen Holzweg, den ich Ihnen später als den Lebensweg einer Frau präsentieren würde, die trotz oder vielleicht gerade wegen aller Fehler, aus denen sie nie gelernt hat, eine Person ist, in die Sie sich umso lieber hineinversetzen. Aber können Sie mit jemandem fühlen, den es nie gegeben hat? Nein. Können Sie nicht. Können Sie mich mögen? Auch nicht. Möglicherweise beneiden Sie mich, wenn in Ihrem eigenen Leben etwas schief läuft, weil Sie aus Ihren Fehlern mal wieder nichts gelernt haben. Aber vielleicht können Sie gar nichts dafür. Kann auch sein. Dann stehen Sie am Fenster Ihres Arbeitgebers, der eben das Büro verlassen hat, um die Kündigung noch schnell auf den Kopierer zu legen, Sie stehen so da und trinken den Multivitaminsaft, den er Ihnen angeboten hat, Sie stemmen die Hand ans Fensterglas, die wird später einen Fettfleck hinterlassen, aber daran denken Sie jetzt nicht, Sie denken: Wär ich bloß einfach nicht da. Dabei geht es gar nicht um mich, wenn Sie solche Sachen denken. Es gibt mich gar nicht. Aber es gibt diese Geschichte, auch wenn es nur eine Geschichte ist. Ich erzähle Ihnen, wer ich nie gewesen bin.

Ich fange richtig weit hinten an: viele Jahre nach dem Tod, den ich nicht gestorben bin. So viele Jahre danach, dass es schon keine Rolle mehr spielt, wie lange das eigentlich her ist. Man fragt sich auch gar nicht, wann es passiert ist und unter welchen Umständen, und das hat einen einfachen Grund: Man kennt mich nicht. Dieser Teil der Geschichte ist mir am liebsten, weil es nicht den geringsten Unterschied macht, ob ich von mir spreche oder von Ihnen. Auch an Sie wird man sich mit ziemlicher Wahrscheinlichkeit nicht erinnern. Auch nach Ihnen wird keiner fragen: Wann ist der gleich gestorben? Was hat der immer getrunken, Multivitaminsaft? Man erinnert sich nicht an Sie. Man hat Sie nie gekannt. Sollte jemand doch nach Ihnen suchen, findet er Sie zwar in den Kirchenbüchern und den Archiven des Einwohnermeldeamts, aber er findet nichts als Ihren Namen und ein paar Daten: Geburtstag, Todestag und andere Nebensächlichkeiten. Aber was sagt das schon über Sie? Es ist ganz so, als hätte es Sie nie gegeben. An genau dieser Stelle sind Sie wie ich.

Anders sieht es aus, wenn nicht mehr als ein paar Jahre nach Ihrem oder meinem Tod vergangen sind. Man denkt sich: Hätte ich ihr doch noch was Schönes zum Anziehen gekauft, als sie schon nicht mehr aus dem Bett rauskam, sie hat es sich so gewünscht. Wär ich sie nur öfter besuchen gekommen. Warum bin ich nicht da gewesen, als sie gestorben ist? Warum hab ich mich nicht mehr verabschiedet? Und dieser Streit, als ich zum letzten Mal da gewesen bin, der war doch unnötig, oder. Aber sie war auch eine starrköpfige Person. Und launisch, vor allem am Schluss! Dass sie immer geweint hat, sie wolle wieder heim zu ihren Katzen, vor allem zur Mohrle: Die hat doch gerade gejungt, die Mohrle, die braucht mich doch jetze!, hat sie immer gerufen. Und dann wollte sie natürlich gleich aufstehen und ist aus dem Bett gefallen, und es hat zwei Pfleger gebraucht, um sie wieder reinzuheben, weil sie so dick gewesen ist. Aber kaum waren die aus dem Raum, hat sie es noch mal versucht und ist spätestens an der Zimmertür wieder umgefallen. Und da hat sie natürlich geweint, dabei hätte sie doch auch liegen bleiben können, aber sie war eben ein Starrhals, ja, das war sie. Und wenn sie sich wirklich in den Kopf gesetzt hat, vor meinem nächsten Besuch zu sterben, dann hat es jedenfalls geklappt. Ich hab es so satt gehabt. Ich war richtig erleichtert.

Aber das denkt man nur, man spricht es nicht aus. Oder wenn doch, dann nur in den eigenen vier Wänden, und am Ende wird man getröstet und ein Weilchen im Arm gehalten, und dann geht es schon wieder besser, danke. Andere, die mich nicht so gut kennen, reden lauter. Sie fragen: War das nicht die Frau von dem Parteisekretär?

Quatsch, die war doch keine rote Socke. Das sag ich auch gar nicht, dass sie eine rote Socke war, ich sag ja nur, dass sie mit dem Parteisekretär verheiratet gewesen ist. Aber sie war wirklich keine rote Socke, sie hat ja sogar noch Leuten geholfen, die rüber wollten. Leuten geholfen, woher willst du das denn wissen? Hat sie mir selber erzählt. Und das glaubst du dann, wenn dir die Frau vom Parteisekretär erzählt, sie hätte Leuten geholfen, die rüber wollten? Warum denn nicht? Am Ende hat sie noch Berichte über die getippt! Hat sie das wirklich? Und wie sie das hat, sie war doch immer so freundlich und hat sich ständig nach einem erkundigt. Sieh mal einer an. Was soll das heißen, sieh mal einer an? Das soll heißen, dass ich mir schon so was gedacht hab. – Und so wird geredet und geredet, bis in die tiefe Nacht hinein, und am Ende aller Gespräche geht die Sonne wieder auf und niemand weiß mehr so recht, was wahr und was falsch ist und um wen genau es am Ende ging.

Es könnte auch um Sie gehen. Aber was, wenn ich einen Schritt zurück gehe? Dann bin ich gerade dreiundachtzig geworden und bei klarem Verstand, ich habe eine ziemlich lange Geschichte hinter mir und so viele Erinnerungen parat, dass ich am liebsten in der Vergangenheitsform spreche. In Wirklichkeit habe ich natürlich keine andere Geschichte als die, die Sie gerade lesen, aber nur mal angenommen: In der obersten Schublade liegt ein Portraitfoto von mir im Firmungskleid, auf dem bin ich richtig schön:

braungebrannte Arme in schneeweißen Puffärmeln und die blitzenden Augen unterm Fotografenhimmel. Meine Enkelin Fanny sitzt auf dem Bettrand und kramt in meinen Sachen herum, bis sie dieses Bild in den kleinen weichen Händen hält. Wer ist das?, fragt sie mich und runzelt dabei die Augenbrauen, die wie die Augenbrauen des Mädchens auf dem alten Bild aussehen. Ich bin das, sage ich. Wer sonst? Dass ich mich seitdem kein bisschen verändert habe, dass ich immer noch die mit dem versponnenen Dickschädel bin, dass ich mich bei Gewitter genauso fürchte wie damals, obwohl auf die Blitzableiter inzwischen Verlass ist, dass mir der Krieg noch so in den Knochen sitzt, dass ich immer essen könnte, wirklich immer, dass ich überhaupt so einen schrecklichen Appetit auf alles Süße habe, als läge das ganze große Leben noch vor statt hinter mir, das alles sage ich Fanny nicht. Ich sage nur: Ich bin das. Wer sonst? Aber Fanny hört nicht auf, die Augenbrauen zu runzeln. Du sollst das sein? Das glaub ich nicht!, ruft sie, du veräppelst mich bloß! Und weil ich ja selber ein Mädchen bin, das bloß unterm Faltenkostüm versteckt gehalten wird, lasse ich es drauf ankommen und stelle Fanny die unmöglichste Frage überhaupt: Denkst du denn, ich war nicht auch mal jung? Fanny legt den Kopf schief und überlegt. Und dann drückt sie ihre kleinen weichen Hände an meinen Hals und lacht: Nein, Oma, du warst doch nicht jung!

Kleine steife, faltige Menschen sind wir. Wir leben in

der Gegenwart unserer Enkel, als wären wir nie etwas anderes gewesen als alt, und als müssten wir niemals sterben. Ob wir wirklich ein Leben hatten, ein eigenes Leben ganz für uns allein, oder nicht, spielt keine Rolle. Vielleicht haben die Jungen recht und wir sind schon immer so alt gewesen wie heute, unser Gehirn gaukelt uns alles bloß vor. Dann ist unsere Lebensgeschichte nichts weiter als ein biochemischer Traum. Wir haben einfach keine Beweise, dass wir das wirklich gewesen sind.

Und jetzt kommt das Loch in meiner Geschichte, weil ich nichts von dem, an das Sie sich erinnern, selber erlebt habe. In den Sommerferien war ich mit Fanny nicht im Freibad und über Silvester mit meinem Sohn nicht in Venedig, wir hatten nicht dieses kleine Hotelzimmer auf dem Lido mit dem glatzköpfigen Hotelier am Nachtschalter, mit dem ich mich unterhalten habe, während ich vor lauter Schlaflosigkeit ganze Stapel von Ansichtskarten beschrieb. Ich habe die schwankenden Ufer Venedigs überhaupt nicht gesehen und auch nicht den Mann hinter dem Gepäckschalter der Basilica di San Marco, der an einer Komposition mit fünf Instrumenten schrieb, wenn gerade niemand seinen Rucksack abgeben wollte. Zu Hause hab ich nicht dieses Fertigteilhaus aus Schweden und auch nicht diesen redseligen Mann, der mir mit den Jahren immer ähnlicher wird, so ähnlich, dass er manchmal errät, was ich von uns beiden halte, und dem ich deswegen aus dem Weg gehe. Ich habe meinen Sohn nicht gesehen, wie er jeden Morgen seine ersten flaumigen Barthaare nassrasiert hat, immer schön vorsichtig um die Pickel herum. Und ich hatte nicht diese Stelle an der Frauenklinik, in der ich Kindern auf die Welt geholfen habe oder aus ihr heraus, und von der ich jeden Abend mit dunkel verschmierten Armen und den Ohren voller erster Schreie nach Hause gefahren bin, auf dem Rennrad, das mir mein Mann zum zweiten Hochzeitstag geschenkt hat und das ich viel lieber hatte als alle eleganten Damenräder in späteren Jahren. Aber ich habe ja kein Rennrad und keinen Mann, ich habe nie geheiratet und ich war niemals verliebt. Wir waren nie zusammen im Karpfenteich schwimmen, mitten in der Nacht und mit einer brennenden Fackel ausgerüstet, die er aus einer mit der Sonntagsschürze seiner Mutter umwickelten Zaunlatte und ein bisschen Teer gebastelt hatte. Der erste Sex mit ihm hat nicht so fürchterlich wehgetan, dass ich ihn danach drei Wochen lang nicht treffen wollte, und in dieses Mädchen habe ich mich auch nicht verknallt, dieses Mädchen mit dem kinnlangen, feuerroten Haar an meiner Schule. Überhaupt diese Schule, sie ist nur ein böser Traum, ich war gar nicht da, und in den Pausen war ich auch nicht so allein, dass es einfach nicht zum Aushalten gewesen ist, aber das ist jetzt vielleicht die Stelle, an der ich besser vom Wetter reden sollte. Vom Wetterleuchten, das ich gesehen habe, als das Mädchen mit dem feuerroten Haar und ich mit den Fahrrädern kreuz und quer durch Böhmen gefahren sind. Oder vom roten Lichtkranz der Sonne, wenn ich mit der Sonnenbrille direkt hineingeschaut habe, als ich sie noch nicht im Streit mit dem feuerroten Mädchen auf die Teerstraße geworfen hatte, so dass beide Bügel gebrochen sind, aber ich wollte vom Wetter sprechen. Von den Hochsommerwolken über unserem alten Haus und dass ich mir immer vorgestellt habe, die Befürchtung der gebückten Alten in der Nachbarschaft würde sich bewahrheiten und der Himmel könnte auf die Erde fallen, und das wäre doch großartig, dieses hohe weiche Wolkengebirge in unserem Hof und wie ich mich hineinschmeißen würde! Und diese Wolken kurz vorm Gewitter, die wie Tiere aussahen, die sich aufbäumten und schwiegen, so dass ich die Schwalben schreien hören konnte, wenn sie knapp über den aufgeheizten Landstraßen flogen, bis die ersten Tropfen sie trafen.

Aber ich habe die Schwalben nicht schreien gehört, und auch nicht den Spatzenschwarm vorm Haus, und unseren giftgrünen Wellensittich habe ich nicht dabei erwischt, wie er sie bei sperrangelweit geöffnetem Fenster nachgeäfft hat, bis sie sich vor Wut im Zimmer verflogen. Überhaupt alle Vögel, die Sie kennen, ich habe keinen von ihnen gehört und keinen gesehen, nicht die Tauben in den Verschlägen und nicht die Störche auf den Scheunen, nicht die Krähen auf den abgeernteten Feldern, die Amseln nicht im Gebüsch und die Eulen nicht im Dachstuhl und alle Vögel, deren Namen ich nie gelernt habe, und auch nicht die Mauersegler über den Häuserblöcken der Stadt, in der sich der Zoo befand, an dessen Eingang ich keine Flamingos gesehen habe, weil ich nie an seinem Eingang stand. Wackelige, grelle Schönheiten, die trotzdem wie unsichtbar waren, so dass jeder auf der Suche nach den echten Tieren an ihnen vorbeilief, Sie doch auch. Also haben auch Sie die Flamingos nicht gesehen, und auf keinen Fall haben Sie gehört, wie sie schreien, wenn ein Besucher zu nah an sie herantritt, weil Sie nie an sie herangetreten sind, aber auch ich habe das niemals gemacht.

Aber jetzt gehe ich noch weiter zurück, denn dort fängt der Teil meiner Geschichte an, an dem es wieder egal ist, ob es sich um mich handelt oder um Sie. Sie wissen, dass der Mann mit dem schönen schwarzen Anzug Sie manchmal in seinem Auto mitgenommen und vor der Eingangstür des Kindergartens abgesetzt hat, aber dass es der Schroeder Paulus gewesen ist, der viel später wegen Kindesmissbrauchs angeklagt wurde, wissen Sie nicht, das hat man Ihnen bloß weisgemacht. Sie wissen, dass Sie sich unter dem Rock Ihrer Mutter versteckt haben, weil man die Geschichte auf jedem Familienfest wieder aufgewärmt hat. Aber können Sie sich an das Halbdunkel erinnern und an den Geruch ihrer riesigen Beine, die Sie mit beiden Händen umarmt haben, können Sie sich daran erinnern? Ich mich auch nicht, und an dieser Stelle sind wir uns gleich. Ich kann mich auch nicht erinnern, wie die sichtbare Welt nicht über den Rand einer bunt gemusterten Decke hinausreichte, und wie überhaupt alle Farben noch nicht da gewesen sind, nur Stimmen und Licht und der mehlige Geschmack auf der Zunge und der Schatten und die Schwere meines eigenen Kopfes, und irgendwann war auch die noch nicht da und ich war so leicht, wie ich später niemals wieder sein würde, aber daran kann ich mich so wenig erinnern wie Sie.

An genau dieser Stelle schließt sich der Kreis. Alles wird wieder so, wie es am Anfang war. Man fragt nicht nach Ihnen und man fragt nicht nach mir. Wenn ein Anderer als ich diese Geschichte zum richtigen Zeitpunkt vorwärts erzählt, dann wird es Sie geben, und Sie werden ein paar der Dinge sehen und hören, von denen ich Ihnen schon berichtet habe, und dann werden sie Ihnen seltsam bekannt vorkommen, wie Ihnen auch diese Geschichte seltsam vorkommt. Aber jetzt gibt es diese Geschichte und ich bin das Loch in ihrer Mitte, ich bin die Tonlosigkeit in den Atemzügen desjenigen, der sie Ihnen vorlesen wird, oder vielleicht bin ich auch der Abstand zwischen den Wörtern, die Sie selbst lesen werden, und das ist doch schon was.

Am nächsten sind mir die Steine. Sie haben nie gelebt und trotzdem sind sie da, sie sind immer da gewesen. Denken Sie an mich, wenn Sie später an der Baugrube Ihres schwedischen Fertigteilhauses stehen. Suchen Sie sich einen Kieselstein und werfen Sie ihn in das tiefste Loch auf der ganzen Baustelle. Behalten Sie den Punkt im Auge, an dem Ihr Kieselstein in der Dunkelheit verschwindet. Konzentrieren Sie sich aber nicht zu sehr. Schauen Sie haarscharf dran vorbei. Was Sie jetzt sehen, bin ich.

Hush little Baby

Das Neugeborene war im Besitz von zwei funktionstüchtigen Lungenflügeln, zwei Brustwarzen, zwei Ohren, zwei zusammengekniffenen Augen und zwei Vornamen. Bis in den Kreißsaal hinein war man davon ausgegangen, im Mutterleib wären Zwillinge gewachsen. Der schwangerschaftsbegleitende Gynäkologe hatte in der Akte vermerkt, neben dem der Mutter zwei versetzt klopfende Herzen abgehört zu haben. Da weiter keine Untersuchungsmöglichkeiten zur Verfügung standen als gründliches Abtasten der Gebärmutter, man aber nicht eindeutig unterscheiden konnte, ob die eigene Hand auf zwei winzigen Steißbeinen lag oder ob es sich bei einem davon um ein Köpfchen handelte, da man also nichts dagegen einzuwenden hatte und sonst keine Auffälligkeiten vorlagen, rechnete niemand mit nur einem einzigen kleinen, blutverschmierten Jungen. Seine Nasenlöcher waren verkrustet, Augen und Mund fest verschlossene Ritzen. Es war gut.

Die Mutter und das Neugeborene blieben noch einen Tag auf der Station. Unter den Schwestern kursierte ein Witz, der Gynäkologe habe das Radio bei der Untersuchung laufen lassen und die Schlagermusik für ein kleines

Herz gehalten: »Marmor, Stein und Eisen bricht, dam dam, dam dam! Aber unsere Liebe nicht …« Die Mutter schlief und schwieg und schlief und schwieg und schaute sich kaum ihr faltiges Einzelkind an. Das bekam Strampler, Mützchen und den Vornamen des nicht geborenen Zweiten zu seinem eigenen dazu: Kai Arno. Alles war gut.

Ungeklärt blieb, ob es tatsächlich einen zweiten Embryo gegeben hatte. In der Nachuntersuchung erwies sich die Gebärmutter als fast vollständig erholt. Die verspätete Frage des Gynäkologen nach einem Abgang wurde von der Mutter unter Tränen verneint. Zu allem weiteren sagte sie wenig. Der Gynäkologe zuckte mit den Achseln, fasste sie unter dem Arm und begleitete sie hinaus. Weder Mutter noch Vater machten weiter viel Gerede aus dem nicht geborenen Zweiten. Es gab ihn nicht oder hatte ihn nie gegeben. Er war nur ein Schlager in den Ohren eines Gynäkologen und ein eilig verkauftes Kinderbett. Kai Arno war Einzelkind, und Punkt.

Ab dem zwanzigsten Lebensmonat redete er mit sich selber. Wenn er seine schweigsamen Eltern etwas fragte, konnte er sich die Antwort denken: Das da haben? Das da haben, Kai? Arno. Nicht haben. Nein! Mama, haben! Das da haben! Mama pscht, sei mal leise. Pscht! Leeeeiseeee. Sein Gestolper von Wort zu Wort ergab kleine Tonfolgen, die aufstiegen, im Spiel übereinander herfielen und spätestens ab seinem vierten Lebensjahr auf der anderen Seite der Neubauwände gut zu hören waren. Gib mir mal das Dings da. Was? Das Dings, los! Das Pferd? Das kleine Pferd, das kommt jetzt hierhin. Hierhin. Da, siehst du. Seh ich doch! Siehst du doch! Das kleine Pferd, das hat jetzt aber Hunger, das muss wieder rüber!

Als er sechs Jahre und zwei Monate alt war, wurde er zur Einschulungsuntersuchung gebeten. Sein Vater hatte sich den Vormittag freigenommen und fuhr mit ihm in der Straßenbahn hin. Das Gesundheitsamt befand sich am Parkeingang hinter dem Stadtring, es hatte eine angegraute Fassade und lange Gänge mit Linoleumbelag. Im Warteraum saßen die Eltern mit ihren Kindern, alle hatten die Jacken anbehalten, Kai Arno kannte kein einziges Kind. Eine Frau im dunkelgrauen Mantel zwinkerte ihm zu. Er drehte sich weg und flüsterte, dass es niemand hörte, auch nicht die Frau: Mach nicht so. Als sein Name im Lautsprecher angesagt wurde, nahm der Vater Kai Arnos Hand und zog ihn quer über den Gang in den Untersuchungsraum.

Drinnen war es warm und unordentlich. Auf einem Kindertisch lagen weiße und bedruckte Blätter und Buntstifte. Daneben stand eine dickliche Frau im Schwesternkittel und mit großen, runden Brüsten. Als sein Vater leise in den Raum hinein grüßte, stand die Amtsärztin vom Schreibtisch auf und ging auf Kai Arno zu. Sie war groß und hatte ihre schwarzen Haare zu einem Pferdeschwanz zurückgebunden. Sie sah aus wie eine Sängerin. Die Amtsärztin beugte sich zu ihm herunter und begrüßte ihn. Seine Antwort kam so leise wie das Guten Tag seines Vaters. Aber sie nickte, lächelte und führte ihn zum Kindertisch.

Kannst du deinen Namen schon schreiben?

Er nickte, nahm sich den hellblauen Stift und malte über das Papier: KAIARNO. Die Ärztin hatte sich neben ihn gehockt. Aus den Augenwinkeln sah er, wie sie wieder nickte und nach einem bedruckten Blatt Papier griff.

Sieh mal das Bild hier. Willst du das ausmalen?

Kai Arno wollte nicht, aber er behielt den hellblauen Stift in der linken Hand und begann mit der Wolke oben rechts. Als er damit fertig war, stützte er den linken Ellenbogen auf und kratzte sich am Kopf. In die rechte Hand nahm er Orange für das Dach und für den Baum. Danach griff er mit der linken Hand nach dem Gelb für den Löwenzahn. Am Schluss malte er noch einen dunkelblauen Zaun und ein ebenso dunkelblaues Pferd mit rechts. Als er fertig war, sah er auf. Die Ärztin strahlte ihn an. Du kannst wohl alles mit beiden Händen! Er sah auf seine Hände. So ging es weiter. Zahlen malen, erzählen, was es zum Frühstück gab, singen, sich auf die Waage stellen, an die Messlatte, auf einem Bein stehen, auf dem anderen. Alle schwitzten. Sein Vater nestelte am Kragen. Die Haare der Amtsärztin waren glatt.

Das Erstaunlichste an der Untersuchung war für (fast)

alle Beteiligten der Sehtest. Für Kai Arno, weil die Ärztin ihr Gesicht zweimal ganz nah an seines heranschob, weil sie gut roch und weil sich nur ein Gerät, so dick wie ein Buntstift, zwischen ihnen beiden befand und er aber stillhalten musste. Für die Amtsärztin, weil sie Augenpaare mit unterschiedlicher Pigmentierung bis jetzt nur aus Abbildungen in Lehrbüchern gekannt, und für die anwesende Krankenschwester, weil sie so etwas überhaupt noch nicht gesehen hatte. Das Pigment-Epithel von Kai Arnos linker Iris war dunkelbraun mit schmalen gelben Sprenkeln darin und von einem schwarzbraunen Limbus corneae eingefasst. Das seiner rechten Iris war blau. Wasserblau. Neugeborenenblau. Fast zu hell. Auf dem rechten Auge war er, was gar nichts damit zu tun hatte, farbenblind. Auf dem linken Auge nicht.

Als sie wieder in der Tür standen, bückte sich die Amtsärztin noch einmal und sah ihm in die Augen. Er streckte ihr die rechte Hand entgegen. Dann die linke. Kai Arno war schulfähig.

Sein Lieblingsfach war Musik. Im Klassenzimmer stand ein Klavier, an das sich der Referendar, der die Stunden gab, oft setzte und etwas vorspielte, das alle nachsingen sollten. Die anderen Jungs gaben in den höheren Oktaven einer nach dem anderen auf. Kai Arno nicht. Aus ihm zog sich die Luft wie ein Geschenkband heraus, wie von selber, das klang schön. Dass der Referendar dann den Kopf hob und nur noch ihm zuhörte, nicht den Mädchen, die genauso hoch singen konnten, und nicht den kichernden Jungen, die gern genauso hoch gesungen hätten, fiel ihm nicht auf. Er sang und alle hörten zu.

In Deutsch hatte er Schwierigkeiten, die Lehrerin zu überzeugen, dass es keinen Unterschied machte, in welcher Hand er den Füller hielt. Es machte wirklich keinen. Mit links setzte er breite, schwungvolle Tintenstriche in die Zeilen. Mit rechts drückte er weniger fest auf: die Linien wurden hellblau und schmal. Beides war gut. Als er sich in der vierten Klasse immer noch gegen das Verbot auflehnte, mit der linken Hand zu schreiben, gab man auf. Kai Arno hatte eine linke und eine rechte Handschrift, je einen Schreibhügel auf dem Mittelfinger und ein Durcheinander in den Heften, als müsse er sie mit seinem Bruder teilen.

Die anderen Kinder waren von ihm begeistert. Am Anfang. In den kleinen Pausen standen sie um seinen Tisch herum und bettelten ihn an, seinen Füllertrick zu verraten. Milchpackungen und Abziehbilder wurden ihm angeboten, Geheimnisse und Patronenkugeln anvertraut, alle wollten sein Freund sein. Aber weil er in der großen Pause lieber zum hinteren Hof lief, um allein Himmel und Hölle zu spielen, weil er dabei zwei Schlackesteine warf statt einen, den schwarzen für das rechte und den braunen für das linke Bein, weil er dabei vor sich hin sang und kicherte und Zeug murmelte wie: Jetzt mal bis zum vierten Feld, so weit kommst du nicht! Klar komm ich so weit. Das will ich sehen!, wurde lieber doch niemand sein Freund. Ab der zweiten Klasse blieben die anderen im Vorderhof und nannten ihn Hirni-Kai.

Draußen hatte er viel Platz für Himmel und Hölle. Drinnen hatte er einen ganzen Tisch für sich allein. Kleinigkeiten wie die, dass Kai Arno unterschiedliche Bäume malte, mit rechts schwarze Astverzweigungen mit blauen Büscheln daran, mit links einfach grüne Kugeln auf die Stämme, blieben unbemerkt. Nur für das Gemurmel in den Stunden wurde er manchmal rausgeworfen. Er stand dann im Gang. Aus den anderen Zimmern kamen gedämpfte Stimmen, es roch nach Desinfektionsmittel und Kinderschweiß. Er stand dann mit dem Rücken zur Wand im Gang und flüsterte: Sei bloß leise, Ruhe hier, echt mal. Das war das letzte Mal! Kai, Arno!

An Kai Arnos elftem Geburtstag wurde einem Patienten im Universitätsklinikum Hamburg-Eppendorf gleichzeitig Herz und Leber transplantiert. Die Operation verlief ohne Komplikationen und nichts deutete darauf hin, dass der Fünfunddreißigjährige knapp drei Wochen später den Folgen des Eingriffs erliegen würde (Herzstillstand). Es war Mitte Mai, die Durchschnittstemperaturen lagen mit sommerlichen sechzehn-komma-acht Grad deutlich über dem langjährigen Mittel. Whitney Houston befand sich auf dem Höhepunkt ihrer Karriere, Max Frisch wäre zweiundachtzig Jahre alt geworden, der TV Lützellinden gewann den Europacup der Pokalsieger im Frauenhandball durch zwei Siege gegen Rostselmash Rostow und die irische Sängerin Niamh Kavanagh gewann mit ihrem Lied »In Your Eyes« den Grand Prix Eurovision de la Chanson. Kai Arno hatte den Fernseher ganz leise gestellt, weil seine Mutter nebenan lag (Migräne).

An Tagen, an denen es etwas zu feiern gegeben hätte, klagte sie meistens über ihre »eine Seite«. An seinen Geburtstagen klagte sie: immer. Er wusste auch gar nicht, wen er eingeladen hätte oder was man an Geburtstagen macht, wenn man etwas macht: feiern oder was unternehmen oder sich kaputtlachen oder was.

Sein Vater war beim Einkauf. Die Küchentür stand offen, der Kühlschrank summte, es roch nach Kohl. Die Rollos im Wohnzimmer waren heruntergelassen, er hatte die Stehlampe angemacht, im äußeren Ring vor der Stadt blühte der Raps, was er nicht wusste. Er sah fern und hatte Zeit. Um genau drei Minuten nach vier entdeckte Kai Arno den Jazz.

Werbeblock, Time Life Music stellte ein Sammelalbum zum Sonderpreis von nur 10,99 DM vor, Essential Jazz, er wusste nicht, was Essential und was Jazz heißen sollte. Aber auf dem Bildschirm in der Schrankwand spielte ein Mann mit Schnurrbart und Geheimratsecken Gitarre. Was hatte der an der Hand, der linken Hand, er rutschte vom Sessel auf den Teppich, er musste näher ran, was hatte der da? Der kleine und der Ringfinger waren irgendwie kurz, sie hingen schlaff an seiner Hand, aber mit Zeige- und Mittelfinger klopfte er auf der Gitarre herauf und herunter, zwei kleine Arbeiter mit zwei toten Kindern, die Gitarre war braun und die Finger fast weiß und rasend. Sein Handgelenk bog sich hin und her, wie Tanzen war das, und der ganze Mann wiegte sich beim Spielen hin und her und der Ton war verdammt leise, lauter stellen konnte er nicht, Mutter lag nebenan, aber er kroch näher ran, ganz nah. Im Hintergrund sah er jetzt auch die anderen Musiker. Der Geiger! Sein Gesicht löste sich in winzige Quadrate auf, der Bildschirm knisterte, aber Kai Arno konnte noch seine Finger ausmachen und wie sie hin- und herflirrten, und jetzt hörte er auch die Geige selbst heraus: Schnell und fremd klang das und lustig und alt. Die Geige hörte sich an wie eine Katze, wie ein Neugeborenes, ein schreiendes, oder wie jemand im Traum, den er gleich wieder vergessen wird, es war hoch und gedrückt, und wie Glücklichsein oder Singen.

Kai Arnos Vater schloss leise die Wohnungstür auf, streifte die Schuhe ab, stellte zwei Einkaufstüten neben den Schuhschrank und entdeckte seinen Sohn im Wohnzimmer vor der Schrankwand. Der hockte auf den Knien, Gesicht direkt vor dem Bildschirm, die rechte Hand lag flach auf dem Lautsprecher, der Ton war vom Türrahmen aus kaum zu verstehen, aber Time Life Music blendete gerade den Titel ein. Django Reinhardt spielte also den letzten Ton von »Sweet Georgia Brown« und Kai Arno saß direkt davor und sang Silben, aneinandergereihte, hohe Laute, er sang Django Reinhardt, er sang ihn einfach weiter.

Dieses Ereignis blieb bis auf weiteres ohne Folgen. Der Versuch seines Vaters, ihn in der Musikschule anzumelden, prallte an der Mutter ab, die leise den Ton angab: Der Junge würde dann noch mehr »Gesummse« von sich geben, als er das jetzt schon tun würde, dieses Gesinge und Gepfeife, dieses, dieses andauernde Gemurmel, vor allem seien die Neubauwände zu dünn für kleine Sängerkarrieren und ihre Migräne, seit elf verdammten Jahren diese verdammte eine Seite, die bringe sie um, sie wolle also bitte von solchen »Bildungsversuchen« verschont werden. Sein Vater nickte und Kai Arno saß weiter vor dem fast tonlosen Fernseher und suchte den Jazz. Manchmal hatte er Glück, dann war es ein guter Tag.

Der Raps verblühte, es wurde heiß und der Sommer ging wieder vorbei. Kai Arno war viel zu Hause. Er saß vor dem Fernseher. Oder im Zimmer auf dem Bett, mit dem Gesicht zum Spiegel. Er sah von seinem braunen zum blauen Auge und redete und sagte sich Songtexte auf, die er im Musiklehrbuch gefunden hatte: Sei bloß leise, drüben schläft Mutter. Immer Kopfschmerzen, immer die eine Seite. Quatsch eine Seite, Migräne heißt das. Migrääääne. Oh your daddy is rich, and your ma is good-looking, so hush little baby, don't you, was heißt denn das hier, cry? Cry – scheißegal. Scheißegal, spinnst du, sag mal! Mutter war bestimmt mal schön! So hush little baby, dooon't you cry.

Zu Weihnachten machte ihm sein Vater ein Geschenk, mit dem niemand, auch nicht Kai Arnos Mutter, gerechnet hatte. Es war in blaues Papier mit grünen Weihnachtsbäumen darauf eingewickelt. Später würde Kai Arno sich an diese Weihnachtsbäume nicht erinnern. Aber er würde sich an das schimmernde Metallgehäuse erinnern, an die leuchtenden Zahlen im Display, an die Klammer auf der Rückseite, mit der er den Discman an seinem Hosenbund festmachen konnte, an die winzigen roten Ohrstöpsel und an die CD unter dem Verpackungskarton. Essential Jazz. (Noch später, genauer gesagt in fünf Jahren und acht Monaten, würde er das auch noch vergessen haben. Aber so weit sind wir noch nicht.) Auf der Vorderseite oben das Logo von Time Life Music und darunter eine Fotocollage, in der er den Mann mit den verkrüppelten Fingern wiedererkannte. Alle anderen hatten ziemlich dunkle Haut. Einer lächelte, wie ein bester Freund lächeln müsste, und hielt die Lippen an das Mundstück eines Kornetts, eine Frau mit langen schwarzen Haaren im Pferdeschwanz und dunklen Lippen sang in ein Mikrofon und schaute direkt an Kai Arno vorbei. Der legte die erste CD seines Lebens in seinen Discman, drückte auf play, schloss sein blaues und sein braunes Auge und begann eine zweite Stimme zu Charlie Parkers »I can't get started« vor sich hin zu summen.

Dieses Geschenk rettete Kai Arno über die nächsten fünf Jahre. Er war zu alt, um in den großen Pausen im Hinterhof Himmel und Hölle mit sich selbst zu spielen. Aber er war alt genug, um beim Pausenklingeln auf play zu drücken und aus dem Schulhof heraus zu schlendern, in die Seitenstraßen hinter dem Block und weiter über die Fußgängerbrücke zur Einkaufspassage, wo er Musik hörte, allein war, summte und mit sich redete. Als er sechzehn Jahre alt war, besaß er vierundsechzig CDs. Manche hatte ihm sein Vater zugesteckt, die meisten hatte er nach der letzten Stunde im Zentrum gekauft und fast immer waren es Jazzalben, deren Helden er auswendig kannte. Er wusste, dass Armstrongs »Ain't Missbehavin'« kein Geringerer als der dicke Waller geschrieben hatte und dass dessen Asche auf seinen letzten Wunsch hin aus einem Flugzeug heraus über Harlem verstreut worden war, er machte sich Gedanken über Billie Holiday, über ihre Vergangenheit als Hure und über ihre Ähnlichkeit zu Billie Dove, über Charlie Parkers Gesundheitszustand, und auf der Höhe der Fußgängerbrücke, die mittags um eins menschenleer war, sang er ein Gitarrensolo von Django Reinhardt mit und erfand eine zweite Stimme zu einem von Fitzgeralds Scats.

Die Anderen aus seiner Klasse waren alt genug, um ihn

nicht mehr Hirni-Kai zu nennen. Aber sie waren noch immer beeindruckt von seinem blauen und seinem braunen Auge und auch davon, wie er vor sich hin sang oder wie er sich nicht umsah, wenn er sich nach dem Pausenklingeln die roten Ohrstöpsel einschob und durch das Schultor in Richtung Fußgängerbrücke ging. Nur: Seine gesamte rechte Körperhälfte wuchs langsamer als die linke. Unauffällig, aber immerhin so, dass er komisch lief und seinen Kopf schräg hielt. Rechts war Kai Arno ein Kind. Links bekam er Flaum am Kinn und eine breite Schulter. Auf seiner linken Hand traten zarte Sehnen hervor. Die rechte blieb klein und weich. Das sah schief aus, verschlagen, auf keinen Fall richtig. Er war der Junge mit den zwei Seiten, er war, man wiederholte es: schief. Aber der hörte, und davon hatte keiner eine Ahnung, Kai Arno hörte seinen Jazz.

Erst mit sechzehneinhalb Jahren fiel er sich selbst auf. Er hatte gerade eine Deutschklausur geschrieben, alle acht Seiten mit der rechten Hand, der Ordnung wegen. Er lief und atmete die kalte Luft ein. Unter den Magnolienbäumen vor der Fußgängerbrücke lagen die großen, ledernen Blätter wie ruhende Hände. Er lief gegen den Wind an und summte vor sich hin. Als er sich auf der Mitte der Brücke befand, setzte unvermittelt Regen ein. Kai Arno blieb stehen. Das Wasser preschte ihm kalt ins Gesicht. Er hatte zwei Stunden frei, bevor Physik anfing. Langsam drehte er um und ging bis zum Brückenanfang.

Die Treppe war schmal und halb von gefallenen Zweigen und Kippen bedeckt. Sie führte direkt unter die Brücke. Er kletterte über das Geländer und sprang auf die oberste Stufe. Das Wasser lief in seinen losen Kragen, der Himmel war blechern. Die Schnellstraße dröhnte ihm entgegen.

Von unten gesehen war die Fußgängerbrücke breiter, als er erwartet hatte. Er stand auf einer Betonplattform, die zur Straße hin schräg abfiel. Vor ihm Berufsverkehr. Über ihm wölbte sich die Brücke zu einem Bogen, an dessen Seiten ein hellgrauer Regenvorhang hing. Die Luft schnitt ihm kalt in den Rachen, als er den Mund öffnete: Dieser Song von Billie Holiday, wie ging der gleich? God bless the Child. Ja klar, aber wie ging die Melodie? Er hielt die Luft an.

Was hier passierte, musste etwas mit seinem Kehlkopf zu tun haben: Der fühlte sich schwer an, als wäre etwas doppelt in einem einzigen Hals, von unten presste die Atemluft an seinen Gaumen und Kai Arno bewegte ganz leicht seine Zunge – und was herauskam, waren zwei verschiedene Stimmen. Die eine kannte er. Sie war weich und tief, er konnte sie laut machen und leise, wenn er zu Hause auf seinem Bett saß, er kannte doch seine eigene Stimme! Die zweite Stimme kannte er nicht. Sie war hoch. Sie klang wie eine Glasharfe oder wie das Flageolett einer Geige auf der E-Seite, sie klang wie scharfkantiger Stein und nicht wie von seinem Kehlkopf her, sondern wie über seinem eigenen Schädel, von oben her; die zweite Stimme warf sich an der Brückenwölbung in die Höhe und wurde zu einem durchdringenden Pfeifton, einer Note, einem Fremden ohne Körper.

Kai Arnos Entdeckung hatte Folgen. Innerhalb der nächsten sieben Monate kam es auf der Schnellstraße zu dreiundzwanzig Auffahrunfällen, die durch rätselhafte Bremsmanöver oder Fahrbahnwechsel in Höhe der Fußgängerbrücke verursacht worden waren. Ausnahmslos alle Fahrer gaben später an, unter den Bögen eine Person mit weit aufgerissenem Mund gesehen zu haben. In den Sommermonaten häuften sich die Auffahrunfälle um ein Vielfaches, weil von Verkehrsteilnehmern mit heruntergelassenen Scheiben hohe, durchdringende Laute vernommen wurden, die sie dazu verleiteten, sich auf der Suche nach der Tonquelle gründlich umzusehen. Die Person mit dem offenen Mund kam in verschiedenen Polizeiberichten vor, aber die hohe Geschwindigkeit der Fahrzeuge mag dazu beigetragen haben, dass sie nicht näher definiert werden konnte. Die Auffahrunfälle nahmen erst Ende September ab, als ein Trupp Landschaftsgärtner die Treppe neben der Fußgängerbrücke abriss und eine hohe Wand aufstellte (Lärmschutz).

Als Kai Arno am fünfzehnten September 1999 unter der Fußgängerbrücke ankam, konnte er drei Dinge nicht ahnen. Erstens war das Holz für die geplante Schallwand am selben Morgen im Grünflächenamt bestellt worden. Zweitens machten sich in diesem Augenblick zwei Mädchen aus seinem Geschichtskurs auf den Weg zur Fußgängerbrücke, weil sie sich in der Einkaufspassage die neue Ausgabe eines Lifestylemagazins namens TWIN! zulegen wollten. Und drittens beschloss sein Vater eben, seinen Einkauf in derselben Passage zu beenden und schlug den Heimweg ein, der ihn ebenfalls über die Fußgängerbrücke führen sollte. Überall zogen sich weiße Altweibersommerfäden durch das Sonnenlicht, als wäre die Zeit stehen geblieben, was sie nicht war.

Kai Arno stand unter dem Brückenbogen und schaute geradeaus. Der Berufsverkehr flog vor seinen Augen vorbei. Von links brach sich ein Lichtstreifen an der Deckenwölbung, machte den schwebenden Staub über der Fahrbahn sichtbar und erreichte seine Iris. Seine linke Pupille wurde kleiner. Er schloss ein Auge und sah den verwischten Autos zu, wie sich ihre Farbe unmerklich um einen Grad ins Dunkle verschob, weniger Grünanteile, roter Lack in der Sonne, schwarze Streifen dazwischen. Ein Pollenfaden schwebte direkt vor ihm und landete auf seiner Stirn. Kai Arno hob die rechte Hand und strich ihn weg. Er öffnete den Mund: ein tiefes E. Dann bewegte er ganz leicht die Zunge zum Gaumen. Hin und zurück. Ein kleiner, unsichtbarer Rhythmus, auf und nieder und auf, der stieg mit seiner Atemluft nach oben und hing vertraut und schwer unter der Brückenwölbung, als er die Lippen bewegte und eine hohe, langsame Tonfolge darüber setzte. Was herauskam, waren zwei Stimmen, die übereinander herfielen wie Geschwister im Spiel, Krieg und Frieden, Abel und Kai, Kain und Arno, Arno und Django, Django und Louis.

Die Magnolienblätter trugen schon dunkle Ränder. Dass die zwei Mädchen aus dem Geschichtskurs und Kai Arnos Vater zeitgleich auf der Mitte der Fußgängerbrücke ankamen, klingt unwahrscheinlich, lässt sich aber nicht leugnen: Keiner der Anwesenden erinnerte sich im Nachhinein an etwas anderes. Alle drei blieben auf der Mitte der Fußgängerbrücke stehen. Sie kannten sich nicht, also grüßten sie sich auch nicht. Aber sie sahen sich an, ungläubig, als müsse der jeweils Andere gleich den Eindruck abstreiten, dass ein unerhört schöner Klang von unter der Brücke aufstieg. Sie schauten sich um, griffen mit ihren Händen nach dem Geländer und sahen zur Fahrbahn herunter. Es gab das Donnern der vorbeischießenden Autos und weiter gab es ein Summen, unterschiedliche Töne, die hochgingen und wieder abfielen, Flöte vielleicht oder leise Sirene, und außerdem gab es noch etwas Anderes, das war nicht weniger schön, nur recht tief, und es kam ihnen irgendwie bekannt vor, aber unter ihnen war nur Verkehr. Keiner konnte sich später daran erinnern, wer sich als erster so weit vorgebeugt hatte, dass er die Gestalt unter der Brücke ausmachen konnte. Die stand auf der Betonplattform am Fahrbahnrand und hatte den Kopf schiefgelegt. Sein Mund bewegte sich zu einem oder beiden Rhythmen, Kai Arno, später nannten zumindest die Mädchen es anders, Kai Arno sang.

Was jetzt? Das klang nicht wie eine Frage. Seine Mutter saß Kai Arno gegenüber und schaute abwechselnd zu ihm und zu seinem Vater. Der saß weit vorn auf dem Stuhlrand, Ellenbogen auf dem Tisch, und schaute nicht zurück. Er sagte nichts. Er sah nur Kai Arno an. Der sagte auch nichts. Kai Arno saß da. Er sah auf die Tischdecke. Rote und braune Blumen waren darauf und Efeuranken, der Abendbrottisch war weggeräumt, die Küchenlampe hing knapp über ihnen, Vaters Arme sahen blass aus. Auf der braunen Blume direkt vor Kai Arno lag ein Rest Wurstpelle. Nebenan wummerte ein Schlager. Dam dam, dam dam. Der Kühlschrank brummte. Durch die angekippten Fenster hörte er Tauben gurren. Weiter weg parkten Autos. Noch weiter weg rauschte die Schnellstraße. Weiter hörte er nichts. Keiner sagte was.

Mutter sah verheult aus. Ihre Hände mussten kalt sein, auf der Haut waren kleine rote Kreise. Was jetzt, sagte sie noch mal. Das klang wie eine Feststellung. Dann, erst leise und dann immer lauter: Ich meine, was soll denn, warum machst du das überhaupt? Wenn schon, dann sing doch ordentlich, meinetwegen, aber das, dieses Fiepen, dieses, warum machst du das denn, und dann unter der Brücke wie ein Penner, wie ein Kranker, das ist doch, das ist –, Mutter war heiser geworden und schluckte. Das ist doch Belästigung. Das ist Belästigung.

Sie schob geräuschvoll den Stuhl zurück, stand auf, beugte sich über den Tisch und streckte die Hand vor. Kai Arno fuhr auf und sah ihr ins Gesicht. Haut sie ihm jetzt eine runter, dachte sein Vater. Will sie wieder Frieden, dachte Kai Arno, streicheln oder was?

Aber Mutter zwinkerte und kratzte die Wurstpelle vom Tisch, richtete sich wieder auf, schnippte sie in den Abfall und war aus der Küche. Im Schlafzimmer knarrte etwas. Sie ist nicht gesund, dachte sein Vater und warf ihm einen Blick zu. Kai Arno sah zurück und verstand: Du bist nicht gesund.

Sein Vater drückte die Küchentür von außen zu. Draußen gurrten Tauben. Kai Arno dachte an nichts.

Der Winter kam und fiel nicht weiter auf. Kai Arnos Mutter verbrachte ihre Tage vor der Heizung am Fenster oder vor dem Fernseher und wartete auf den Schnee. Die Tagestemperatur lag fast immer über dem Gefrierpunkt, ab Mitte Januar stieg sie tagsüber auf zehn Grad an, so dass an den Haselnusssträuchern am Parkplatz gelbe Blüten baumelten, weiter konnte sie wegen des angrenzenden Blocks nicht sehen. Im Fernsehen war kein Niederschlag angesagt worden und eine Partei ging ohne gesicherte Führungskraft in Winterklausur, der Fraktionschef wollte »offen darüber sprechen«. Würde es schneien, wäre alles endlich leise. Die Autos beim Parken, die Kinder beim Nachhausegehen, die Krähen beim Herumstehen. Schnee ist gut. Schnee ist das Gegenteil von halbseitigen Kopfschmerzen, dachte seine Mutter und schaltete den Fernseher aus.

Von Kai Arno ist genauso wenig zu berichten. Er verbrachte jetzt nicht nur die Nachmittage nach der letzten Stunde in der Einkaufspassage, sondern ging gleich morgens hin. Auf halber Höhe der Straße befand sich ein Springbrunnen. Darin stand der Eisenabguss einer schönen Frau mit Pferdeschwanz und einem Neugeborenen auf dem rechten Arm. Ihr linker Arm deutete unauffällig, weil zufällig, auf die automatischen Eingangstüren von Saturn. Die Musikabteilung war in der dritten Etage und beinhaltete eine Jazzsammlung von durchschnittlich zweitausendfünfhundert Alben. Er setzte sich jeden Morgen einen der fünfzehn Kopfhörer auf und hörte zu. Manchmal war er den ganzen Vormittag über der Einzige dort.

Ich bin aber nicht allein, dachte Kai Arno nahezu täglich. Ich bin niemals allein. Ich war schon immer zu zweit!

Die Vorklausuren waren vorbei. In den zwei Monaten vor den Abiturprüfungen wurde nichts Wesentliches mehr gemacht. Sein Fehlen fiel erst in der zweiten Prüfung unangenehm auf. Er blieb auch in der dritten weg. Die zwei Mädchen aus seinem Geschichtskurs hoben bedeutungsschwanger die Augenbrauen und erzählten in der Raucherecke herum, Kai sei irgendwie abgedreht. Aber eigentlich könne man das so nicht sagen, weil er ja immer schon einen an der, wer weiß, was bei dem zu Hause los sei, so was könne ja auch vom familiären Umfeld kommen. Jedenfalls habe der Typ vor einer Weile unter der Fußgängerbrücke gestanden und, so nannten sie das, geheult! Oder gequietscht! Gefiept! Jedenfalls wer weiß was gemacht, das sei zum Gänsehaut Kriegen gewesen und ihnen würde der jedenfalls nicht gerade fehlen. Obwohl er ja süß sei. Aber das Äußere sei eben nicht alles, was zählt. Kai sei echt bekloppt, echt.

Am dreißigsten Juni 2000 fand die letzte Nachprüfung statt. Kai Arno fehlte und fiel mit Pauken und Trompeten, namentlich dem neuen Album des New York Ska Jazz Ensembles, »Properly«, durch das Abitur.

Hier fängt das Ende dieser Geschichte an. ALLES HAT EIN ENDE, NUR DIE WURST HAT ZWEI lautete der Abispruch des Jahrgangs. Entsprechend der Anzahl der (erfolgreichen) Schulabgänger war er auf einhundertundneun T-Shirts gedruckt worden, hellblau auf violett, darunter, noch größer, prangte: ABI ZWEITAUSEND. Die Feierlichkeiten hoben an, indem das Schulgebäude besetzt wurde. Alle Fenster hatte man mit schwarzen Tüchern abgehängt und in den Fluren standen Boxen, aus denen Musik plärrte und eingespielte Anekdoten aus dem Schulalltag. Die Mädchen tanzten auf den Lehrertischen, die Jungs grölten gesellschaftskritische Parolen dazu. Zwischendurch wurden den jüngeren Klassen Reformvorschläge zur Anarchisierung des Schulbetriebs vorgetragen.

Als er auf dem Weg zur Fußgängerbrücke vorbeikam, sah Kai Arno die abgehängten Fenster und ein Abi-T-Shirt unbestimmter Farbe an der Fahnenstange flattern. Er drehte den Kopf so, dass der Wind in sein linkes Ohr fuhr. Es half nicht. Das Gewummer aus dem Schulgebäude war immer noch da. Er flüsterte: Los, weg hier. Ich weiß schon, wo's besser ist. Echt? Weiß schon, aber – komm mit. Was natürlich niemand hörte, weil niemand in der Nähe war.

Jeder war also auf seine Weise beschäftigt. Weder Kai Arno noch die Schulabgänger hörten die dritte Sturmmeldung des Tages, die gerade durch die Sender ging:

Berlin – Orkanwarnung für alle Bundesländer, gültig von heute zehn Uhr bis morgen früh acht Uhr: Von Ost nach West zieht im Tagesverlauf ein Windfeld über Deutschland, in dessen Einflussbereich Orkanböen bis einhundertfünzig km/h möglich sind. Auf freiem Gelände und an der See können noch stärkere Böen auftreten. Während des Durchzugs des Orkans besteht die Gefahr von umstürzenden Bäumen und herumfliegenden Gegenständen. dpa

Er war auf der Mitte der Fußgängerbrücke angekommen und machte halt. Den ganzen Weg über hatte er vor seine Schuhe geschaut, one, two, one two three four, als hätte er einen Plan. Den hatte er nicht. Jetzt standen seine Füße nebeneinander. Kai Arno sah auf. Vor ihm bog sich die Brücke wieder nach unten. Die Betonplatten hatten die gleiche Farbe wie der Himmel über ihm. Die Sonne war heute nicht aufgegangen, fiel ihm jetzt auf, oder doch? Aber zwischen der Sonne und ihm lagen Tonnen von fahlen Gasgemischen, die ständig ihre Form veränderten und von rechts nach links gescheucht wurden. Er hatte den Kopf in den Nacken gelegt. Niemand ist hier, fiel ihm ein. Alle sind beschäftigt. Nur kurz was ausprobieren, ja? Fünf sechs Töne! Er holte Luft.

Genau hier traf ihn die erste Sturmböe. Warme Luft. Sie riss Kai Arnos Kragen nach hinten, prallte auf Kinn und Wangen und schleuderte seine Atemluft weit in den Rachenraum zurück. Das war neu. Das fühlte sich an wie, wie … Er lachte. In den Baumkronen am Ende der Brücke knarrte es. Irgendwo ging ein Martinshorn. Dann wieder Gegenwind in beiden Ohren. Er presste die Lippen aufeinander und senkte den Kopf. Seine Turnschuhe standen genau zwischen zwei Betonplatten. Der Teer in der Rille war aufgequollen und glänzte. Kai Arno summte: F F Fis G G G G G … Er setzte seinen rechten Fuß nach rechts und zog den linken nach. Fis G G G G G … Dann noch mal. Und dann noch mal. Das sah aus, als wollte eine

Hälfte von Kai Arno auf der Mitte der Fußgängerbrücke stehen bleiben und gegen den Wind summen – und die andere Hälfte nicht. Kai Arno machte drei schiefe Schritte in Richtung Geländer. Als sein Arm an das Geländer stieß, sah er auf und erwischte die zweite Böe. Sie war stärker und dauerte länger. Er griff mit rechts nach dem Eisengeländer, dann mit links, drehte den Kopf zur Seite und kniff die Augen zusammen. Warme Luft riss an seinen Haaren. Er summte. Der Grundton der Böe war ein tiefes G. Fis G G G G G G G Fis Fis Fis F.

Als es wieder still war, machte er die Augen auf. Er sah die menschenleere Schnellstraße unter sich. Leergefegt, dachte er, und: Kein Einziger unterwegs. Toll. Ist heute irgendwas? Außer dem Abschlussfest? Toll.

Mit den Augen verfolgte er die weißen Streifen zwischen den Fahrbahnen, von weitem sahen sie aus wie Fäden, zur Brücke hin wurden sie dicker, dann erkannte er die einzelnen Striche, direkt vor ihm leuchteten sie breit im fahlen Licht. Schön sah das aus. Schön war es da unten. Unten. Es gab keinen einzigen Ort, wo es schöner war, fiel ihm ein. Im Ernst. Scheiß Lärmschutz. Unten konnte man es aushalten. Echt, flüsterte er und beugte sich weit vor. (Windstille.) Wo war die alte Stelle, da drüben? Genau in der Mitte.

So. Und weil Kai seinen Bruder Arno bis zum Geländer gezogen hatte, mitgefangen mitgehangen; wo der eigene Körper ihm selbst, Kai, schließlich genauso gut gehörte wie dem anderen, Arno; weil genau das einfach nicht mehr auszuhalten war, außer vielleicht, wenn der eine mit dem anderen sang, weil beide aber nicht zusammen singen konnten, seit der einzige Platz auf der Welt, wo das möglich gewesen wäre, mit einer Lärmschutzmauer verbarrikadiert worden war; weil das alles also unter keinen Umständen länger auszuhalten war, musste Kai Arno aus dem gemeinsamen Körper herauswerfen und, weil das nicht anders ging, mitfallen. Er beugte sich vornüber.

Als die dritte Böe über die Fußgängerbrücke donnerte, befand sich an ihrem Aufgang ein Grüppchen von sieben Schulabgängern. Eigentlich steuerten sie die Einkaufspassage an, zum Abispruchjohlen und Feiern. Als sie nach rechts ans Geländer gedrückt wurden, ließen drei von ihnen ihre Bierdosen fallen. Die Mädchen kreischten. Jemand lachte. Alle klammerten sich ans Eisengeländer und fühlten sich abenteuerlich. Alle schwitzten. Die Luft toste. Jemand streckte die Hand aus und zeigte auf die Gestalt auf der Brücke. Sie lehnte auch am Geländer, allerdings weit darüber hinweg gebeugt.

Die Böe brach abrupt ab. Irgendwo ging eine Sirene. Von der Schule her wummerte es immer noch leise. Eins der Mädchen meinte von vorne ein hohes Summen zu hören. Ein anderes hörte sogar Gemurmel. Die anderen nicht. Das ist Kai, sagte einer. Wer? Kai! Der Typ, der nicht mehr kommt! Dann kam die vierte Böe.

Alle Beteiligten sahen zu, wie sein Körper mit einem Ruck angehoben wurde. Einen Moment lang hing er in der Luft. Er schien den Mund ziemlich weit offen zu haben. Mit einem zweiten Ruck löste sich erst seine rechte, dann seine linke Hand vom Geländer. Er schaukelte wie eine leere Plastiktüte über der Schnellstraße, ganz leicht sah das aus, dachten sie, als könne man sich nicht wehtun dabei. Ohne dass jemand das Aufprallgeräusch vom Donnern der Luft unterscheiden konnte, setzte Kai Arno am zwanzigsten Juli 2000 acht Meter weiter auf der Überholspur auf.

Manchmal fangen Geschichten damit an, dass jemand ein Baby bekommt. Manchmal enden sie damit, dass jemand von einer Brücke fliegt. Das ist natürlich nicht echt. In Wirklichkeit geht es immer weiter. Es hört einfach nicht auf. Seine Mutter schnitt alle Zeitungsmeldungen aus, beschriftete und steckte sie in einen Schnellhefter.

Berlin – Am Vortag wehte Sturmtief Aeolus von Osten nach Westen über Deutschland. Mit 175 km/h ist es einer der schwersten Sommerstürme der letzten Jahrzehnte gewesen. Im Landkreis Riesa-Großenhain ist eine Rentnerin mit ihrem Terrier von einem massiven Torflügel erschlagen worden. In Sachsen-Anhalt wurde ein 48-jähriger Mann in einem Gasthaus unter einer einstürzenden Seitenwand begraben. In der Kreisstadt Zwiesen wehte der Orkan einen jungen Mann von einer Fußgängerbrücke.

Der 18-Jährige erlitt lebensgefährliche Verletzungen. Aus der Dresdner Frauenkirche lösten sich zahlreiche Gesteinsbrocken, getroffen wurde niemand. Heute morgen waren noch rund 60.000 Haushalte vorübergehend ohne Strom. Insgesamt werden Schäden in Millionenhöhe verzeichnet. dpa

Ab Mitte August 2000 hörten die Meldungen über die Beseitigung der Sturmschäden endgültig auf. Als der Altweibersommer auch vorbei war und es wegen der geschlossenen Fenster still zu Hause wurde, so still, wie sie es immer haben wollte, fiel seiner Mutter auf, dass sie »seitdem« keine Migräne mehr gehabt hatte.

Kai steht mit dem Rücken zum Fenster. Es ist angekippt, er hält das rechte Ohr in den Luftzug und presst die Lippen aufeinander, als würde er nachdenken, den Grundton suchen oder etwas anderes. Aber Kai sucht gar nichts. Kai brummt lieber vor sich hin, bisschen schief, egal. Fish are jumpin', and the cotton is high … Draußen gurren Tauben. Echt gut. Nur die Augenklappe kratzt auf seiner linken Wange. Er braucht sie nicht, aber die Schwester mit dem Pferdeschwanz setzt sie ihm jeden Morgen auf. Du bist so hübsch, sagt sie, du erschreckst bloß die anderen mit deiner Narbe. Kai denkt: Hübsch. Das ist gut. Ein Auge reicht ja. Mit dem schaut er jetzt auf. Weil Kai auf dem verbliebenen Auge farbenblind ist, entgeht ihm der blaue Aufdruck auf dem violetten T-Shirt des Besuchers, obwohl dieser ihn damit augenscheinlich aufheitern will, was gar nicht nötig ist. Auf dem T-Shirt steht die Mitteilung, dass alles außer der Wurst ein Ende habe.

Die Baumkronen hinter Kai sind fast kahl. Die tief stehende Sonne legt einen leuchtenden Haarkranz um seinen Kopf. Auf seiner linken Schädelhälfte wächst schon Flaum. Vorher hat er nie so dagestanden, richtig gerade, so normal, denkt sein Vater. Wie eine Statue. Er geht quer durch den Fernsehraum auf seinen blauäugigen Sohn zu. Hallo, Kai.

Kuba

Hinter dem Ascheberg liegt der Himmel auf dem See. Schaumkraut, Schilfzigarren und Telegraphenmasten spiegeln sich drin, außerdem und nicht wegzudenken: die geschlossene Wolkenmatte, tief fliegende Schwalben drunter und alle drei Stunden der Linienflug nach Warschau. Zur Fütterungszeit durchschneiden Fischrücken die Seeoberfläche, dann sagen die Kinder: Der See kocht, der See kocht, es gibt Fischsuppe! Wartet nicht, sonst wird sie kalt!

Die dreißig Familien im Ort sind alle miteinander verschwägert, die Linke kann sich denken, was die Rechte tut. Reden zwei über einen Dritten, sagen sie zuerst seinen Nachnamen, das klärt die Verwandtschaftsverhältnisse: die Schroedern, die Kretzschmarn, die Seeligern. Geklärt sind auch die Namen für Berge, Gebiete und Seen: Ascheberg, Daheime und Silbersee. Die Besitzverhältnisse sind ebenfalls geklärt: Die Windkraftfelder gehören einem Hersteller aus Hamburg und die Füchse, die darauf warten, dass sich ein Vogel in den Mühlenblättern verfängt und vom Himmel fällt, gehören außerhalb der Schonzeit dem Forstamt. Der Großmarkt an der Peripherie der ersten Äcker gehört Toom. Die neue Umgehungsstraße, die dran vorbeiführt, möglicherweise auch, aber die Bussarde an ihrem Rand gehören sich selbst. Der See ist eine Schenkung der Mitteldeutschen Braunkohlegesellschaft an den Ort. Den Jüngeren kommt es vor, als sei der See schon immer ein See gewesen. Dass an gleicher Stelle ein Dorf mit 390 Einwohnern, einem Gemeindeamt, einem Fußballplatz und einer Kirche mit marmoriertem Holzaltar gestanden haben soll, klingt in ihren Ohren nach der Sage von Atlantis. Ab und zu stellt sich heraus, dass die Großmutter von jemandem im Atlantisdorf aufgewachsen ist, das regt für Tage die Phantasie an. Wenn im Winter die Braunkohle nachbestellt wird, murren die Alten leise und lassen sich auf keine weiteren Fragen mehr ein.

Aber der Name des Sees gehört mehr oder weniger allen: Silbersee. Den hat ihm die Kantorswitwe Seeliger gegeben, als noch keine Karpfen drin gezüchtet wurden, als die schwarzen Milane dort noch nicht nisteten und lange bevor die Seeligern aus dem Dachgestühl des Atlantisdorfs gefischt wurde.

Drei Wochen nach ihrem siebzehnten Geburtstag hatte sie sich heimlich mit einem der kubanischen Gastarbeiter verlobt. Die hatte man bestellt, um sämtliche Maschinen der Genossenschaft zu überholen. Zu vierzehnt waren sie und in den hinteren Räumen des angrenzenden Kindergartens einquartiert. Sie hatten glänzende, sehnige Haut von der Arbeit vor den Garagen und leuchtende Augen – von denen keiner wusste, woher genau sie die nahmen.

Die Verlobung fand in der Personalküche des Kindergartens statt, die anderen Kubaner als Verlobungszeugen und die Seeligern mit zerlegenen Haaren von den Kindergartenliegen und grünen Augen, die heftiger leuchteten als die Augen der ganzen Brigade zusammen. Ihr Verlobter hieß Jesús und hatte nur neun Finger, weil er sich in einem anderen Einsatz den Zeigefinger mit einer Axt durchtrennt hatte. Dafür hatte er elf Zehen: An seinem rechten Fuß befand sich die zusätzliche Zehe, sie war weich und gleichmäßig gewachsen. Vier Monate lang brachte die Seeligern den Kubanern Wurstsuppe oder Bier zum Feierabend, bevor sie Jesús an die sehnige Hand nahm und zum See ging. Fische waren noch keine drin, der See war erst seit einem Jahr geflutet und die Förderbänder noch nicht abgebaut. Aber im Schatten der größeren Maschinen konnte man rauchen, zweisprachig singen, schwimmen und das Wasser war so klar, dass Jesús lachte und von den Haien im karibischen Meer zu schwärmen begann, obwohl seine Verlobte ihn nicht verstand. Nachts strich die Seeligern auf einer der Kindergartenliegen mit dem Fuß über die elfte Zehe ihres Verlobten und hörte seinem traumlosen Schlaf zu.

Zur Verlobung schenkte Jesús ihr eine glänzende Silberkette mit feinen Gliedern und einem kleinen Kruzifix als Anhänger. Weil er Hornhaut an den Händen hatte, kämpfte er lange mit dem kleinen Verschluss auf ihrem Nacken. Aber dann fasste er die Seeligern um die Hüften, wirbelte sie einmal herum, hielt ihren grünen Augen stand und sagte ihr vor dreizehn kubanischen Zeugen etwas, das, wenn sie es richtig verstanden hatte, bedeutete: Ich bring das hier zu Ende und hole dich bald ab. Es dauert nicht lange. Du musst mitkommen und die Haie sehen. Drei Wochen später verlor sie die Kette im Silbersee, der damals nur der Baggersee hinter der Müllkippe war.

Am vierzehnten August hatten die Kubaner den letzten Motor wieder eingebaut. Nach einer letzten Nacht im Kindergarten sollten sie im Armeelastwagen irgendwohin gefahren werden, um dort die Abflussrohre einer Kleingartenanlage zu verlegen. Die Seeligern bemerkte die Abwesenheit der Kette am Vormittag des fünfzehnten August, als sie ein sauberes Kleid anzog, um sich bis auf weiteres von ihrem Verlobten zu verabschieden. Sie stellte die Wurstsuppe wieder zurück in den Vorratsraum und lief nicht zum Kindergarten, sondern mit verquollenen Augen: zum Fußballplatz. Zuerst hat sie die Kinder mit Zigaretten bestochen, damit sie im See nach einer Kette tauchten, von der niemand wusste, dass es ihr Verlobungsgeschenk war. Als die Kinder gut gelaunt, aber ohne den Schmuck gefunden zu haben, ihre Zigaretten einforderten, ging die Seeligern zur Scheune ihres Vaters und fuhr den Frontlader, mit dem er im Winter Sand und Kohle in die Höfe lud, aus der Garage, die Hauptstraße entlang und bis an den See.

Stundenlang hat sie den Schlamm aus den Ufern geholt, den die Kinder in Badehosen und mit Spaten umgruben, bevor sie ihn wieder in den See kippte. Die Silberkette blieb verschwunden. Später wurden die Kinder zum Abendbrot gerufen. Die Seeligern saß bis in die Nacht am verschlammten Ufer des Sees, bevor sie den Frontlader zurück in die Scheune fuhr. Dass der Armeelastwagen mit Jesús auf der Ladefläche schon seit Stunden über alle Berge war, konnte sie sich denken. Dass man aber zweieinhalb Stunden gewartet hatte, ob sie doch noch käme und sich von Jesús verabschieden würde, wusste sie nicht und hätte auch nichts dran ändern können. Auf die Frage ihres Vaters, wie sie denn eine Silberkette, von der niemand wusste, woher sie die hatte, an einem Baggerloch hinter der Müllkippe verlieren konnte, zu dem sich sonst keine Menschenseele verirrte, sagte sie gar nichts. Sie kniff die grünen Augen zusammen und zündete sich ihre erste öffentliche Zigarette an.

Ende August liefen die Kinder noch manchmal hinter die Müllkippe, aber mehr aus der Langeweile der großen Ferien heraus. Vor der Seeligern hatten alle ein bisschen Angst, weil sie ihr irgendwie mehr zutrauten, als ohne Erlaubnis und eigenhändig mit dem Bagger ihres Vaters zu fahren. Obwohl ihr das niemand gezeigt hatte, nur die Kubaner hatten das gelernt. War die Seeligern außer Hörweite, riefen die Kinder: Die Seeligern, die Seeligern! Wie ein Guppy auf Rädern!

Drei Wochen später kam ein Achtjähriger mit dem Schmuck an, den er neben einem Förderband gefunden hatte. Die Kette war angerostet, und die Seeligern wusste, dass das, was ihr Verlobter ihr geschenkt hatte, nicht aus Silber war. Eigentlich auch egal, es blieb ihr Verlobungsgeschenk. Aber es hat einen Unterschied gemacht, der nichts mit dem Metall zu tun hatte. Möglicherweise aber mit dem Gehabe der Gleichaltrigen, die in Grüppchen am Fußballplatz standen, wenn sie abends noch zum Pfarramt lief und stundenlang auf einen Anruf wartete, der nicht kam. Vier Monate später hat die Seeligern den Schmuck zurück in den See geworfen und nie wieder ein Wort drüber verloren. Was nicht heißt, dass die Sache mit dem falschen Silber damit aus der Welt gewesen wäre. Auch ihr Vater erwähnte das mit keiner Silbe, dafür aber alles Andere an seiner angeblich so verlobten Tochter. Die Türen flogen auf und schlugen wieder zu, und kurz vor Silvester zog die Seeligern von zu Hause aus und in die untere Wohnung des Pfarrhauses ein. Sonst hatte sie der Kantor benutzt, aber weil die Stelle gestrichen worden war und jetzt ein Kantor aus der Stadt kam, standen zwei Zimmer hinter dem Gemeindearchiv leer. Im vorderen Zimmer befand sich der Zweitanschluss des Pfarrtelefons und daneben ein großer Kristallaschenbecher, den sie von zu Hause mitgenommen hatte. Außerdem, und denen, die zum Telefonieren kamen, wenn im Pfarrhaus keiner da war, immer im Blick: die große Fotografie von Fidel Castro über der Anrichte. Und weil die Leute davon ausgingen, dass eine allein stehende Frau einer Witwe gleichzusetzen ist, erst recht eine, die in der Kantorswohnung wohnt, hielten die späteren Generationen den Zigarrenraucher mit Vollbart für ihren verstorbenen Gatten und sie selbst für die Kantorswitwe Seeliger. Sie erklärte gar nichts, schaute den Leuten mit ihren grünen Augen beim Telefonieren zu und drehte sich Zigaretten.

Im Gottesdienst saß sie grundsätzlich in der ersten Reihe, obwohl alle außer dem Pfarrer sonst nur ab der fünften Platz nahmen. Mit der Gemeinde im Rücken saß sie da und sang die Choräle lauter, eine Oktave höher als alle Anderen und ganz ohne Koloratur. Bei der Predigt hörte die Seeligern weg: Sie blätterte im Gesangbuch, schlief oder ging auf dem Friedhof spazieren, wo sie zum Ärger der Anverwandten die geharkten Sandwege zwischen den Gräbern in Unordnung brachte. War die Predigt zu Ende, setzte sie sich wieder in die erste Reihe und schlug das Gesangbuch auf. Aber auch der Anblick ihrer grünen Augen außerhalb der Gottesdienste trug dazu bei, dass die Kinder, die zwanzig Jahre zu spät geboren waren und nichts von der Sache mit dem falschen Silber wussten, Respekt vor ihr hatten. Zum Beweis der eigenen Furchtlosigkeit wurde manchmal bei ihr Sturm geklingelt und dann die Beine in die Hand genommen. Noch später wurde nicht mehr weggerannt: Weil sonst nichts weiter los war, weil die Eltern die Ämter in der Stadt besuchten oder in der Woche woanders arbeiteten, und weil sie an den Sonnabenden müde in der Küche saßen und die Kohlrouladen für Sonntag wickelten, setzten ihre Söhne und Töchter sich lieber unter das Portrait Fidel Castros. Nicht zuletzt auch, weil sie bei der Seeligern selbstgedrehte Zigaretten bekamen, deren Asche sie in den Kristallaschenbecher schnippen konnten, wenn sie ihr vorher den Rücken mit Franzbranntwein einrieben.

Der Silbersee ist jetzt nicht sauberer als an jenem fünfzehnten August, aber das liegt an der ehemaligen Müllhalde davor. Die Müllhalde heißt Ascheberg. Das soll von der Tatsache ablenken, dass es nichts als die stillgelegte Müllhalde ist, auf die der neue Grundstücksbesitzer Rasen gesät und junge Pfirsichbäume gepflanzt hat. Er verkauft die Pfirsiche erst ab einem Umkreis von zehn Kilometern, weil sie ihm hier niemand abnehmen will. Hinter dem Ascheberg liegt der Silbersee. Aus ungeklärten Gründen riecht es am Ufer immer ein bisschen nach Dynamit, aber auf der Oberfläche spiegelt sich der Himmel und sieht dort viel größer aus als in Wirklichkeit. Als die Kantorswitwe Seeliger während des Gemeindeausflugs, der am Ascheberg vorbeiführte, am Ufer stand und rauchte, hat sie gesagt: Von nahem finde ich ihn nur von innen schön. Dann hat sie geschwiegen, und die Umstehenden haben auch nicht nachgehakt, die Seeligern hat sowieso nie auf Fragen geantwortet, und sie war auch schon neunundsechzig, da wird man nicht mehr gelöchert. Nur einmal hatte die jüngste Tochter des Pfarrers sie gefragt, warum sie eigentlich zwei Kinns unter dem Mund habe. Die Seeligern hat lange und eine Oktave tiefer als alle Umstehenden gelacht, sich dann am Doppelkinn gezupft und erklärt: Weil da meine zwei Seelen wohnen, was hast du denn gedacht? Danach hat sie geschwiegen und sich eine Zigarette gedreht. Aber das war auch schon die einzige Antwort auf die einzige Frage seit Jahren, und die meisten sagen sogar, es sei keine ernst zu nehmende Antwort gewesen.

Die Gemeindemitglieder sind dann weitergegangen, um eine Wiese zu suchen, die weit genug vom Ascheberg entfernt war, und die Klapptische für das Gemeindepicknick aufzustellen. Es fehlten nur noch die Stühle, als eine Sechsjährige mit Feuerzeug in der Hand angerannt kam – das war eigentlich für die heimliche Zigarette gedacht, die sie der Seeligern abbetteln wollte. Es dauerte eine Weile, bis sie aus den ruckartigen Stößen des Kindes, die irgendwo zwischen Lachen und Heulen schwankten, entnahmen, dass die Kantorswitwe Seeliger Röcke, Strümpfe und Leibchen abgelegt hatte und weit draußen über den Dächern des Atlantisdorfs dem Horizont entgegenschwamm. Als der Helikopter über dem Ascheberg auftauchte, riefen die Kinder: Schneller, Propeller! Schneller, Propeller! Die Seeligern war ein grauhaariger Punkt in der geschlossenen Wolkendecke, die auf der Oberfläche des Silbersees trieb, und von ihr kaum zu unterscheiden.

Salzwasser

Irina ist wieder zurück. Ich bin ihr so böse wie am Tag ihrer Abfahrt. Trotzdem stand ich am Fenster, als Vater und sie endlich auftauchten. Unser Fiat fuhr hinter der Gartensiedlung entlang und wurde dabei größer und größer. Eigentlich sah ich nur das grüne Autodach und die Fenster. Hinter den Fenstern sah ich nichts, weil es im Auto zu dunkel war. Fast schwarz. Zweimal verschwand der Fiat hinter den hohen Hecken der Gärten. Dann fuhren sie auch da vorbei und bogen rechts ein.

Unser Block ist der einzige am Dorfrand, er ist für Zugezogene wie Vater, Irina und mich. Wir sind Zugezogene, seit Mama zurückgezogen ist. Für mich ist Mama schon immer zurückgezogen. Schon immer heißt, dass ich mich nicht mehr erinnern kann, wie genau sie gerochen hat, außerdem nicht an ihre Stimme und nicht daran, wo wir gewohnt haben, als Mama noch mit uns zusammen war. Vater sagt auf Deutsch, das sei in der Stadt und ich noch zu klein gewesen, zu klein zum Erinnern. Irina sagt auf Russisch: Vergiss es, kleine Malve. Die ist viel zu weit weg. Besser, du hast ein schlechtes Gedächtnis. Du hast dich dran gewöhnt, weil du dich nicht richtig an sie erinnern kannst. Ich, sagt Irina, hab mich nicht dran gewöhnt. Die ganze Zeit über habe ich mich nicht dran gewöhnt, dass Mama zurückgezogen ist, sagt sie. Und zurück heißt: ans Schwarze Meer. Obwohl Mama schon lange dort ist, spricht Irina russisch mit mir. Wir sind doch zur Hälfte vom Schwarzen Meer, sagt sie.

Das Schwarze Meer grenzt an Russland und ist so weit weg, dass dort Malven blühen, wenn hier noch Schnee liegt. In der Sonne glitzert das Wasser schwarz wie Sonnenbrillenglas, und der Himmel ist himmelblau. Man geht andauernd schwimmen und man isst Fische, die wir hier noch nie gesehen haben. Seit Mama im Schwarzen Meer schwimmt, haben wir sie nicht wieder gesehen. Die ist zu weit weg, um einfach hinzufahren, sagt Vater. Man müsste ein Flugzeug nehmen. Mama ist also weg. Und jetzt ist Irina ohne mich weg gewesen. Einen ganzen Winter lang. Irina käme bald zurück, hatte Vater gesagt. Irina sei in der Klinik. Ich habe das sowieso nicht geglaubt. Welche Klinik? Irina war am Schwarzen Meer. Am Schwarzen Meer wohnt Mama. Irina war dort und ich dachte, vielleicht kommt auch sie nicht mehr zurück. Jetzt ist sie aber hier.

Vater fuhr so langsam, als habe er etwas im Kofferraum, das leicht kaputtgehen konnte, rohe Eier vielleicht oder ein Meerschweinchen für mich, als Geschenk von Mama. Die Reifen knirschten auf dem Parkplatz und Vater stellte den Motor ab. Von außen kann man nicht durch die Gardinen schauen, von innen aber schon. Über dem Beifahrersitz erkannte ich Irinas schwarzen Zopf. Sie stiegen nicht gleich aus. Durch die dunklen Scheiben sah ich Irina geradeaus schauen, obwohl vor dem Auto nichts weiter als der Lattenzaun war. Vater drehte ihr sein Gesicht zu. Hat er was gesagt? Eine Weile blieben sie so. Keiner hat sich bewegt, nicht einmal ich. Dann drehte sie den Kopf weg und drückte die Tür auf.

Im Kofferraum lag nur ihre Sporttasche und nichts weiter. Sie ist silbern und rot und so groß, dass Irina sie nur für den Urlaub nimmt. Normalerweise fahren wir zusammen weg. Vater, Irina und ich, aber am Schwarzen Meer waren wir nie. Am Schwarzen Meer gibt es kilometerlange Flaniermeilen mit Palmen. Ich war noch nie auf einer Flaniermeile. Mama schickt uns viele Briefe. Manchmal ist ein Foto dabei. Ihr blasses Gesicht mit dem pechschwarzen Zopf vor einem Geländer aus weißem Stein, und dahinter das Schwarze Meer. Bald lade ich euch zu mir ein, schreibt sie mit großen geschwungenen Kugelschreiberlinien. Dann gehen wir zusammen schwimmen und danach backe ich uns einen Fisch. Das Schwarze Meer ist eigentlich blau, aber es glitzert schwarz. Genau wie Mamas Haar. Irina hat Mamas Haar. Ich bin schneeblond. Klingt besser als wasserstoffblond. Du, kleine weiße Malve, kommst mehr nach Vater, sagt Irina auf Russisch. Aber der hat mich nicht ans Schwarze Meer geschickt, nur Irina mit ihrem schwarzen Mamazopf. Irina wird immer dünner, deswegen kommt sie ins Krankenhaus, hatte Vater sich herausgeredet. Irina würde zu wenig essen. Was ja stimmte. Irina hatte aber wegen des Schwarzen Meers zu wenig gegessen. Wegen des Schwarzen Meers und wegen ihres schwarzen Haars, das aussieht wie das von Mama. Irina hatte bloß Reisefieber. Jetzt standen beide vorm Haus und blinzelten hoch. Ich zog schnell die Gardine zu.

Als der Schlüssel ins Schloss gesteckt wurde, zog ich die Tür auf. Irina stand schräg hinter Vater, legte den Kopf schief und grinste mich an. Ihr langer Zopf baumelte an ihrem Oberarm. Vater lief an mir vorbei und strich mir über die Stirn. Hinter mir fiel die Silbertasche auf den Flurteppich. Irina bückte sich und drückte mir einen Kuss auf die Wange, der Zopf streifte mein linkes Ohr. Hi kleine Malve. Na? Sie ist die Einzige, die mich kleine Malve nennt. Manchmal auch kleine weiße Malve. Am Schwarzen Meer wachsen Malven in allen Farben, auch in Weiß. Obwohl Weiß eigentlich keine Farbe ist. Hallo Katja, murmelte Vater in meinem Nacken. Ich wischte Irinas Kuss von der Wange. Hast dir ja ganz schön Zeit gelassen!, stellte ich fest. Irina runzelte die pechschwarzen Brauen. Sie sah wieder dicker aus. Sogar im Gesicht. Hast du viel Fisch gegessen?, fragte ich. Irina zurück: Welchen Fisch?

Eigentlich sitzen wir nur im Wohnzimmer, wenn der Fernseher läuft. Abends alle zusammen und nachmittags manchmal Irina mit mir, bevor Vater kommt. Dann laufen die Talkshows, und meistens haben wir dabei Nutellabrote gegessen, mit Fanta dazu. Als Irina schon ganz dünn war, habe ich ihre Nutellabrote gegessen. Warum isst du die denn nicht, hatte ich am Anfang gefragt. Weil die eklig sind, war ihre Anwort. Oder: Weil man davon unsportlich wird und beim Schwimmen untergeht. Oder: Weil ich Lust auf was anderes habe. Ich: Auf was denn zum Beispiel? Irina: Auf Salzwasser. Ich: Von Salzwasser muss man aber kotzen. Irina: Genau.

Jetzt war der Fernseher ausgeschaltet. Irina saß mit übergeschlagenen Beinen auf dem Sessel. Sie trug dunkelrosa Lippenstift, aber ihre Lippen sahen rissig aus, wie immer. Ihre Fingernägel waren ganz lang, mit Glitzersteinchen drauf, pro Nagel einer. Sind die echt?, rutschte es mir heraus. Sie schüttelte den Kopf. Eigentlich wollte ich nicht mit ihr reden. Habe ich aber: Jetzt erzähl doch mal. Irina runzelte die Augenbrauen. Hättest ja auch, sagte sie, mal vorbeikommen können. Klar, lachte ich. Mal eben in ein Flugzeug steigen und ab die Post. Luftpost. Haha.

Vater saß neben mir auf der Couch, auf den Glastisch hatte er eine riesige Schale mit Keksen gestellt. Irina sah über die Kekse hinweg erstaunt zu mir herüber. Vater seufzte und stützte sich beim Aufstehen auf die Oberschenkel. So, Mädchen, sagte er, ihr lasst das jetzt mal hinter euch. Ihr habt euch bestimmt noch was Schöneres zu erzählen. Ich schüttelte den Kopf und sprang auch auf. Im Türrahmen habe ich mich noch einmal umgeschaut. Irina war tief in den Sessel gerutscht und starrte auf den ausgeschalteten Fernseher.

Nach dem Abendbrot, das schweigend verlaufen war und während dessen Irina wie in Zeitlupe ein Käse- und ein Wurstbrot aß, Vater sie dabei beobachtete und ihr am Schluss quer über den Abendbrottisch die Hand an die Wange legte, so lange, bis Irina den Kopf zurückzog, nach dem Abendbrot und dem Abwasch saßen wir also wieder im Wohnzimmer. Vater hatte die Spielkarten aus dem Schrank geholt und drückte sie Irina in die Hand. Die mischte konzentriert und schweigsam, während Vater sie lächelnd anstarrte. Irina starrte auf ihre glitzernden Fingernägel. Ich gewann sieben von zehn Runden. Schließlich stand Irina auf, erklärte, richtig gut könne man Canasta eh nur ab vier Personen spielen, und ging mit kerzengeradem Rücken ins Bett. Vater sah mich an. Ich fragte: Warum erzählt sie nicht vom Schwarzen Meer? Vater: Wieso vom Schwarzen Meer? Ich: Oder meinetwegen von Mama? Vater fixierte mich lange und schüttelte dann den Kopf. Katja, fing er an. Was!, rief ich.

Das Licht war ausgeschaltet. Irina lag angezogen auf ihrem Bett. Sie starrte an die Decke. Die Tapete auf ihrer Zimmerhälfte war mit bunten Bandpostern überzogen, die in der Dunkelheit farblos aussahen. Das größte Poster zeigte keine Band, sondern eine Hafenstadt von schräg oben. Das Meer im vorderen Bildrand war jetzt schwarz und glitzerte nicht. Ich saß auf meiner Bettkante und zog langsam meinen Schlafanzug an. Warum hat Mama dir nichts für mich mitgegeben?

Irina drehte abrupt den Kopf in meine Richtung, ihren Gesichtsausdruck konnte ich nicht gut sehen. Mama?, fragte sie.

Ja, aber du warst doch die ganze Zeit dort! Mach mir nichts vor!

Irina hielt ihr schwarzes Gesicht weiter in meine Richtung. In der Dunkelheit sahen ihre Haare stumpf aus. Dann drehte sie den Kopf wieder zur Decke. Kann sein, dass sie auch die Augen zumachte. Das Schwarze Meer, fing sie leise an, es ist gar nicht schwarz. Es ist blau. Jeden Tag anders blau. Sogar nachts und wenn es gewittert. Entlang der Flaniermeilen liegen Gärten mit Malven drin, Malven in allen möglichen Farben, die du dir denken kannst, sogar weiße Malven. Und Fischrestaurants. Fische, flüsterte Irina auf Russisch, in allen schillernden Farben. Die kommen aus den oberen Meeresschichten. Oben ist das Wasser glasklar, es glitzert in der Sonne und ist nicht sehr salzig. Aber das tiefe Wasser, das ist so salzig, dass kein Fisch es aushält. Alle sterben, wenn sie das trinken, kleine Malve. Die Fische verdursten im Schwarzen Meer.

Als ich aufspringe, hebt Irina den Kopf in meine Richtung. Ich kann ihren Gesichtsausdruck nicht sehen. Das hab ich, höre ich mich sagen, nicht gefragt. Das hab ich nicht gefragt! Du behältst alles für dich! Du warst ohne mich dort und behältst Mama für dich!, höre ich mich schreien und wieder und wieder von innen gegen die Tür treten.

Vatertod

Vater kippt zur Seite. Wenn ich hinsehe, sieht er aus, als würde er immer so sitzen, mit voller Absicht, so langsam kippt er. Die Kleine ist an die Außenkante ihres Stuhls gerutscht und schaut nicht vom Teller auf. Jedes Mal, wenn Vater ein bisschen mehr kippt, rutscht sie weiter nach links. Ohne den Stuhl zu verrücken, vielleicht wegen des Geräuschs. Sie schaut nicht auf. Keiner soll hinsehen. Jemand kratzt mit der Gabel auf dem Teller. Ich sehe Vater zu. Seine große Hand klammert sich an den Rand der Tischplatte. Den Ehering trägt er noch am Finger, er ist daran gewöhnt. Weiße Fingerkuppen, große Monde auf den Nägeln, die Adern auf dem Handrücken treten hervor. Mit der anderen hält er das Tischtuch fest auf dem Schoß. Zu Hause hat es Servietten gegeben und für jeden einen eigenen Ring, auch für Kristin und mich. Was tief sitzt, verlernt er nicht. Der Rest gerät aus den Fugen. Jemand rührt mit dem Löffel im Glas, Vater hängt weit nach links über, kerzengrader Rücken, er schaut zwischen den Köpfen von Britt und mir hindurch auf einen hellen Fleck an der Wand. Etwas schlägt auf zwischen Vater und der Kleinen, es klingt nach Geschirr. Sie hebt den Kopf, sie schaut Britt an, Britt schaut mich an, Vater weit links. Britt knallt ihren Stuhl zurück. Mach doch was, verdammt, Benjamin. Ich springe auf, seine Schultern erwische ich gerade noch, bevor er auf mein Kind fallen kann. Vater ist eins achtzig, kein gebeugter Rücken. Als er wieder aufrecht sitzt, dreht er mir seinen Kopf zu.

Zeitlupe, denke ich, mein Vater in Zeitlupe, und wie schmal seine Lippen jetzt werden. Er presst die Zähne aufeinander, mit einem Schlag ist er noch mal so wie früher, nur langsamere Abläufe jetzt. Er hebt die Hand über meinen Kopf, Britt steht noch an der Tischkante, die Kleine schaut auf. Jemand legt die Gabel ab und für eine Weile hängt Vaters Arm in der Luft, als hätte er keine Richtung, als hätte er keinen Befehl, was er tun soll. Britt schaut mich an und seine Hand trifft meinen Hinterkopf. Für's Frechsein, sagt Vater.

Das war im Winter. Im Frühling ging es nicht mehr. Eigentlich die ganzen Monate über nicht, die er bei uns war. Ging es nicht. Wie er den Flur ablief, jeden Tag, Kaffeebohnenschritte von seinem Zimmer zum Telefon und wieder zurück, von seinem Zimmer zum Bad und zurück und wieder zum Telefon, und er hob nie den Hörer ab, horchte nur immer in den ausgestorbenen Flur und kehrte wieder um. Er zählt die Minuten, hatte die Kleine gesagt, ein Schritt, hundert Sekunden oder wie viel das ist. Sie hatte immer ein bisschen Angst und schloss die Kinderzimmertür ab, wenn sie sein Schlurfen hörte. Aber als Mutter noch da war, ist er auch nicht anders gewesen, es fiel nur nicht auf. Saß immer im Sessel und schwieg und sie schwirrte durch die Zimmer. Deine Mutter hat euch zusammengehalten, sagt Britt. Danach fiel der Vater auseinander. Und ihr auch irgendwie. Du und deine Schwester.

Im März setzte ich Vater auf den Beifahrersitz. Sein Schreibtisch, die Kommode, das Bett und der Sessel waren schon drüben, Britt blieb zu Hause und räumte unser Arbeitszimmer wieder ein. Während der zwanzig Minuten bis zum Haus schaute Vater konzentriert auf die Fahrbahn. Er ist ein guter Fahrer gewesen. Sein alter Wartburg. Als wir in die Hofeinfahrt einbogen, drehte er den Kopf.

Ist Mutti auch schon da?

Nein, aber Kristin ist jetzt da, die macht es dir schön.

Kristin stand in der Haustür, sie hatte einen Zwiebelzopf in den Türrahmen gehängt, weil Mutter das auch immer so gemacht hatte. Im hinteren Garten blecherte Radio, jemand verschnitt die Hecke. Vaters Gesicht hellte sich auf.

Kristin! Bist du auch mal wieder da.

Ich bin jetzt immer da, Vater.

Dann stellten wir die Sommerzeit ein und die Kleine hatte Geburtstag und hinten war wieder das Arbeitszimmer, nur dass es keiner mehr benutzte, Britt nicht und ich auch nicht, es gab keinen Anlass oder wir saßen lieber im Wohnzimmer am offenen Fenster und spielten Memory zu dritt und erzählten uns, was am Tag alles passiert war. Weißt du noch, wie schief Opa war?, fragte mich die Kleine im Spaß. Es klang so, als sei es lange her.

Ich fuhr jede Woche zum Haus und half Kristin mit den Einkäufen und dem Saubermachen. Dieses Riesenhaus, schimpfte sie, da hatte sich Mutter was eingebrockt, kein Wunder, dass sie jetzt, Mensch. Vater redete nicht mehr viel. Saß wieder jeden Tag im Sessel neben dem Radio und schaute geradeaus auf die Flecken an der Wand.

Das alte Kinderzimmer direkt neben dem Schlafzimmer. Früher haben wir zu zweit da geschlafen. Die Bettgestelle aus weiß lackiertem Metall stammten noch aus einem Lazarett, zwei Betten an der Wand zum Bad: Kristin und ich. Jetzt hatte Kristin sie endlich rausgeworfen, die Wände frisch gestrichen und ein paar ihrer eigenen Möbel eingeräumt, mehr hatte sie nicht aus ihrer Wohnung mitgenommen: den blauen Schrank und ihren Schreibtisch und das Ausziehsofa für die Nächte, die sie neben dem Schlafzimmer verbrachte. Falls was passiert. Ist ja nicht für die Ewigkeit.

In den ersten Nächten stand Vater oft in der Tür und schaute Kristin beim Schlafen zu. Dann hielt er sich mit der Rechten am Pfosten fest und schwankte trotzdem, und er hatte ein unbewegtes Gesicht.

Kristin: Ich weiß nicht, was er dann denkt, weißt du. Ob er überhaupt wach ist.

Ich kann mich an diesen Sommer nicht gut erinnern. Als hätte mir nur jemand erzählt, wie ich jede Woche zum Haus gefahren bin: die Allee runter bis zu den Schrebergärten, wo die Hecken über die Maschendrahtzäune hinaus wucherten, irgendwo dazwischen das fast zugewachsene Ortsausgangsschild, dann die Kurve im Anstieg und die Kanalbrücke, auf halber Höhe kann man das rötliche Wasser sehen, direkt aus dem Stahlwerk, und manchmal die Stichlingsschwärme darin. Sie treiben immer an der selben Stelle. Aber ich habe lange nicht auf der Brücke gehalten.

Ich weiß, dass ich diese Strecke mindestens einmal in der Woche gefahren bin, aber ich erinnere mich nur daran, weil ich sie immer fahre, auf dem Weg irgendwohin, und in diesem Sommer eben auch, zum Haus. Als Kinder haben wir Ausflüge hier in der Nähe gemacht, Kristin, ich und Mutter. Vater war selten dabei, aber dann ging er immer weit voraus und war in Gedanken. Bei Regen quoll der Schlamm auf den Wegen und ich weigerte mich weiterzugehen, diese verdammten Regenwürmer! Wir sind immer bis zur Brücke gegangen, vom Haus bis zur Brücke und auf einem Umweg wieder zurück, das Wasser war damals auch schon rostrot.

Hinter der Brücke kommt das Waldstück und dann die aufgeteilten Felder. Wegen der hohen Ähren ist nie Rotwild zu sehen, aber ab und zu sitzen Bussarde auf den Obstbäumen am Straßenrand und drehen die Köpfe nicht nach mir um, wenn ich vorbeifahre. Als Kind kam mir alles groß vor: Riesenvögel, Riesenwürmer, Riesenfelder. Stundenlang suchten Kristin und ich ein Feld nach seinem Mittelpunkt ab und fanden ihn nicht, während Mutter am Rand saß und las, Doktor Schiwago zwischen Kornblumen.

Dann das nächste Ortseingangsschild, die ersten zwei Höfe hatten Hühner in der Einfahrt, ich fuhr geradeaus bis zur Kurve, am Konsum vorbei, schmale Straßen, manchmal Hundegebell und Reifenspuren im Teer, an der Post und am Werksgelände vorbei, im Haus mit dem Efeu hatte Vater früher sein Büro, und hinter den Bahnschienen das Haus, unser altes Haus. Kristin lehnte immer schon in der Tür und wartete mit mir zusammen, dass die Schranken sich öffnen würden. Ich saß im Auto und winkte ihr nicht zu, ich schaute sie nur an. Wir schauten uns gegenseitig zu, und ich weiß noch, wie ihre Gestalt zwischen den vorbeidonnernden Waggons aufblitzte, schräg im Türrahmen, graues Tuch um den Hals, Daumenkino mit Kristin, hat sie gelächelt?

Ich weiß das alles. Wie ich zum Haus gefahren bin, jede Woche. Wie sie in der Tür stand und dann wirklich lächelte. Wie wir zusammen hineingegangen sind, Schuhe aus und der dunkle Flur und wie ich jedes Mal die Klinke zum Wohnzimmer drückte, als hätte mir jemand gesagt, ich solle ganz leise sein. Vater umklammerte immer mit beiden Händen die Sessellehnen, vielleicht hielt er sich fest, um nicht zu kippen. Und jedes Mal drehte er den Kopf langsam zur Tür, riss den Mund auf und kniff die Augen hinter der Hornbrille zusammen, konnte er mich so schlecht sehen? Er beugte sich vor und verfolgte meine fünf Schritte quer durch den Raum zum Fenster, unter dem der Sessel im Gegenlicht stand. Ich bin's, Tag Vater. Aber alles war so, als wäre das gar nicht ich.

Am Anfang war die Kleine manchmal noch mit dabei. Sie mochte das Haus, die vielen Winkel, den großen Fernseher, den Staub auf den Fensterbrettern mit den Fliegenleichen darauf, sie fand das abenteuerlich. Kristin konnte gut mit ihr umgehen, sie nahm sie manchmal mit auf den Dachboden und zeigte ihr alte Fotos und kleine Dinge, die Mutter gehört hatten: das Liederbuch, ihre Handtasche, die Fotos, den gelben Lampenschirm, den man als Puppenbett nehmen konnte, und immer wieder die Fotos. In das Wohnzimmer ging die Kleine nur einmal pro Besuch, zum Gutentagsagen. Dann drückte sie die Klinke genauso vorsichtig wie Kristin und ich. Als sei das verboten, stand sie dann vor seinem Sessel und streckte die Hand aus, hallo Opa, sie stand im Gegenlicht und ich im Türrahmen, weil ich sie nicht allein lassen wollte, oder ihn.

Hallo, Opa.

Hm.

Essen ist fertig.

Was?

Essen ist fertig, du sollst rüberkommen.

Rüberkomm, ja. Komm mit, ich zeig dir mal die Mutti.

Im Spätsommer fiel Vater oft um. Nicht aus heiterem Himmel, er sah nie erschrocken aus. Hielt sich immer noch gerade, kein gebeugter Mann, aber ihm war etwas abhanden gekommen, das er im März noch gehabt haben musste, einen Rest wenigstens. Die Waage schlägt um, behauptete Britt.

Einmal, die Kleine war mitgekommen, Kristin hatte in der Küche etwas mit ihr gemacht, Kakao gekocht vielleicht oder ein Spiel, »Ich sehe was, was du nicht siehst«, oder Kristin hatte zu tun und die Kleine unterhielt sie dabei. Ich war im Garten, es hatte Nebel gegeben am Morgen, haarscharf über dem Rasen jagten sich die Schwalben, der Schuppen brauchte einen neuen Anstrich, bevor es kalt wurde. Mutters Bambus war inzwischen ein hoher, fester Busch geworden, das hat sie gar nicht mehr gesehen, dachte ich, wäre stolz gewesen, und dass Bambus nur alle zehn Jahre blüht, fiel mir ein, ich weiß gar nicht, wie die Blüten aussehen, Kristin weiß solche Sachen. Ich wischte mir die Hände ab, und als ich durch die Haustür ging, war es still, nur Kristins leise Stimme: Komm, Vater, das ist überhaupt nicht schlimm, komm.

Die Toilettentür stand offen, weißes Licht auf dem Absatz, Vater lag neben dem Toilettenbecken auf dem Rücken, die dünnen Knie angewinkelt, mit der einen Hand versuchte er, sich die Hose hochzuziehen, aber das ging nicht, er lag so da, wie er war, die Kleine zog am anderen Arm und sagte kein Wort und Kristin kniete über ihm und hob seine Hüften vorsichtig hoch, er war leicht geworden, aber dieses kleine Bad, dieses Bad und das Kind und Kristin und Vater und weit oben die Neonröhren, und Vater sah mich im Türrahmen stehen und sagte auch nichts und hatte den Mund offen und heulte leise und sah weg.

Ich bin nicht dabei gewesen, als er gestorben ist. Erster Herbstferientag, ich war mit der Kleinen in der Stadt und hatte ihr einen neuen Badeanzug gekauft, sie ging jetzt zur Schwimmstunde und der alte war an den Beinen zu eng geworden. Sie saß auf der Rückbank und zählte mir ihre Lieblingsfarben auf, dunkelgelb und rosa und hellgrün und weiß. Weiß ist keine richtige Farbe, weiß gilt nicht, warf ich ein, aber sie bestand darauf: Weiß kann man doch sehen, also! Wir hatten die Heizung laufen, es regnete dunkle Fäden auf die Windschutzscheibe, ich trug die gelbe Regenjacke und die Kleine einen viel zu dicken Anorak, in dem sie aussah wie ein Robbenjunges. (Dass man sich im Nachhinein immer an das Wetter erinnert, an das Wetter und daran, was man anhatte, und sogar an das, woran man sich gerade erinnerte. Als Mutter starb, hatte es gerade Neuschnee gegeben.)

Ich parkte das Auto in der Einfahrt, der Hof stand zur Hälfte im Wasser, etwas goss sich die Seele aus dem Leib und die Kleine lachte und trat in eine Pfütze und schnaufte. So machen die Robben das, hörste? Und ich lachte und schnaufte auch und fragte sie irgendwas und ging schon zur Haustür, die offen stand, Britt im Türrahmen, den Hörer in der Hand. Die Kleine antwortete und rannte an mir vorbei die Treppe hoch, sie wollte ihren Schirm nach draußen holen und rief etwas, das ich nicht verstand. Britt sah mich an und hielt mir den Hörer hin. Jetzt nicht, sag, dass ich zurückrufe. Britt stand immer noch da: (Dass man sich an alles erinnert, nur nicht an das, was man dabei gefühlt hat.) Kristin sagt, du sollst kommen.

Vater saß im Lehnstuhl, der Kopf war nicht zur Seite gefallen. Er saß aufrecht, die Hände im Schoß, vielleicht hatte Kristin ihn auch schon so zurechtgeschoben. Er hatte nie die Hände im Schoß, er hielt sich immer an den Armlehnen fest. Und irgendwas war mit den Augenbrauen, als würde er sie anheben, um besser sehen zu können, oder lag es daran, dass der Rest seines Gesichts abgerutscht war, weil der Mund offen stand? Ich wischte ihm mit meinem Taschentuch den Speichel vom Kinn und kam mir vor wie einer, der lügt. Nichts mache ich so, wie er gedacht hätte, ich Sohn, ich, und jetzt sitzt er ganz anders da, als ich gedacht hätte. Die Wangen wölbten sich nach innen wie bei schönen Frauen, aber seine Kehle war merkwürdig nach vorn geschoben, scharfer Adamsapfel und die Nase weiß und spitz. Es sah nicht aus, als würde er schlafen. Ich hatte fest geglaubt, er würde hinfallen: auf der Treppe zum Hof ausrutschen oder beim Aufstehen vom Bettrand oder auf dem Weg im Flur, auf und ab die Minuten zählend, um dann über den Absatz zum Wohnzimmer zu stolpern. Und nicht einfach so, im Sitzen vormittags und Kristin ist kurz in der Küche und kommt zurück mit dem Tee im Glas und steht vor seinem Sessel und begreift erst gar nicht, was er jetzt hat. Er sah Mutter nicht ähnlich.

Kristin stand neben dem Sessel am Fenster, Vater halb zugewandt, wir getrauten uns nicht, uns von ihm wegzudrehen. Ihre Haare im Gegenlicht.

Benjamin?

Ja.

Ich kann Vater nicht waschen. Ich mach das nicht noch mal.

Ist gut. Komm her, Kristin, ist ja gut.

Kurz vor zehn ließ der Regen nach. Ich war drei Tage lang nur mit Regenjacke vor der Tür: zum Beispiel beim Bestatter, der mich gleich wiedererkannte. Er hat jetzt einen neuen Grabredner, einen aufgedrehten Jungen mit Vollbart, der sich mit Beerdigungsreden für ausgetretene Christen wie Vater sein Studium finanziert. Er redete viel auf mich ein, um etwas herauszukriegen. Was war Ihr Vater denn für ein Mensch? Was halten Sie von Hiob? Aber was sollte ich denn sagen. Auf der Post war ich, die Briefe hatte Britt eilig aufgesetzt, einen Termin beim Notar habe ich gemacht, das Essen bestellt, Partyservice heißt das trotzdem, im Haus war ich nicht.

Kristin war noch am selben Abend mit zu uns gekommen. Britt hatte ihr die Liege im Arbeitszimmer bezogen und ein Fußbad gegen das Zittern gemacht, sie schlief bis in den späten Vormittag. Es war ein bisschen, als sei sie einfach nur krank, die viele Zeit und ihre langen, gedämpften Gespräche mit Britt, nachmittags ging sie mit der Kleinen raus in den Dauerregen, die war glücklich über den Besuch. Kann Kristin nicht bleiben?, hat sie gefragt. Kristin lächelte viel und sprach über andere Dinge als Vater.

Bei nichtkonfessionellen Beerdigungen wird nicht geläutet, weil sich niemand zuständig fühlt. Aber die Männer vom Bläserchor waren trotzdem da, sie hielten Abstand zum Redner und pfiffen auf die feuchte Luft. Mit Kapuzen über den Köpfen gegen die letzten Tropfen standen sie unter den Eichen und spielten »O Welt, ich muss dich lassen, ich fahr dahin mein Straßen ins ewig Vaterland.« (Dass ich den Text dazu auswendig wusste, woran lag das? An den wenigen Kirchgängen ganz früher mit Mutter, wenn jemand gestorben war, den sie kannte?) Vater hatte eigentlich andere Sachen gehört. Verdi und Bellini und Ponichelli, er konnte kein Italienisch, aber er drehte das Radio dann immer auf Anschlag und riss die Fenster weit auf und stand da, als würde die Callas persönlich im Wohnzimmer Einzug halten, und Mutter schüttelte dann jedes Mal den Kopf und ging raus, aber lange ist das her. Kristin und ich sind immer dageblieben und haben mitgehört, so viel italienische Lautstärke fanden wir gut, aber das ist wirklich lange her.

Kristin stand mir gegenüber am Südausgang zwischen den Autos, es roch nach Deodorant und frischem Moos. Es hatte sich ausgeregnet. Wir blinzelten und öffneten die Reißverschlüsse und sahen uns ab und zu in die Gesichter. Kristin brachte den geharkten Sand durcheinander, indem sie Zweien mit dem Fuß hineinmalte. Vater hatte das auch so gemacht, keine Achten wie andere, immer eine Zwei, ohne es selber zu merken, und mit geputzten Schuhen, als er noch sein Gleichgewicht hatte. Der Efeu auf Mutters Grab war nur spärlich gewachsen, und jetzt lag auch noch der frische Hügel daneben, sagte man nicht »Muttererde«?

Aber das ist so kahl daneben, murmelte Kristin.

Dass wir es immer noch Mutters Grab nannten, fiel mir ein, und dass sich das vielleicht ändern würde, wenn erst frische Blumen auf beiden Seiten stünden. Erika für den Winter und Rosen im Sommer. Der Efeu sollte bleiben und wuchern, bis kein Stück Erde mehr zu sehen wäre, Mutter hatte sich das gewünscht. (Man kann vierzig sein und sich trotzdem als Waise fühlen. Nur dass man schon viel früher damit anfängt, aber wann genau?) Hinten an den Biotonnen sah ich die Kleine rennen, im Robbenjungenanorak. Was soll sie schon in Schwarz gehen, hatte ich zu Britt gesagt, ist doch fremd genug für sie, was wir hier veranstalten. Sie weiß ja noch nicht mal, dass sie uns alle überleben wird, oder doch?

Kristin lehnte an einer fremden Wagentür, malte Vaters Zweien, sah nicht auf und hat nichts mehr gesagt.

Dann am Kaffeetisch, Britt und ich standen hinter den Stühlen und kamen aus dem Eingießen und Teller Herumreichen nicht raus. Was an Leichenschmäusen lustig sein soll, dachte ich, und dass man dazu vielleicht einer anderen Sippe angehören müsste, es war auch nicht unlustig! Wir sind eben so, wie wir sind, Kristin und Britt und ich, und die Kleine bestimmt auch schon. Als Außenstehender könnte man vielleicht nicht mal ausmachen, ob wir jetzt Schulanfang feiern oder Geburtstag oder Vaters Tod, es ähnelt sich alles, sobald wir zusammensitzen. Der Partyservice hatte zu viel angeschleppt und Britt und ich standen hinter den Stühlen und warfen uns Blicke zu, die so viel heißen sollten wie: Was denn, läuft doch!, als die Kleine ihre Kuchengabel fallen ließ und Kristin unter den Tisch kroch und danach fischte und von unten her sagte: Hat gar keiner geweint, oder?

Vater war doch schon vorher tot, rutschte es mir heraus.

Kristin drehte den Schlüssel um. Es knackte gar nicht mehr, hatte sie das Schloss auswechseln lassen? Britt und ich gingen hinter ihr durch die Tür, wir redeten vom Wochenendeinkauf, vom Altweibersommer und von den Schließzeiten der Schranke vor dem Haus, bis uns nichts mehr einfiel. Vom Keller her roch es nach Dämmstoffen und zog trotzdem wieder. Wir gingen die Stufen hoch, sie knarrten immer noch, aber lauter als früher, was an unseren schweren Körpern lag oder daran, dass Britt mit dabei war, oder werden Geräusche leiser, wenn man sich erinnert? Wir drei gingen hintereinander und hielten uns am Holzgeländer fest. Auf dem Treppenabsatz wieder verendete Fliegen, Britt sah lange hin und dann zu mir und Kristin öffnete die zweite Tür mit dem Briefschlitz, und ich dachte wieder daran, wie ich als Junge immer die Klappe hochgeschoben hatte, um mit kleinem, krummen Rücken nach innen zu sehen, um nachzuprüfen, ob es drinnen ohne mich genauso aussah wie sonst auch. Drinnen war alles wie immer. Kristin hatte in diesem Sommer fast nichts verändert. Nur sehr ruhig war es jetzt und verstaubt, als wäre die Wohnung monatelang unbewohnt gewesen, dabei war Kristin doch bis vor einer Woche ununterbrochen hier.

Wir zogen die Schuhe aus, als käme es noch darauf an. Kommt doch eh alles raus, fuhr es mir durch den Kopf. Wir gaben uns Mühe, nicht betont leise zu sein, aber Kristin drückte die Klinke zum Wohnzimmer trotzdem nur vorsichtig herunter. Britt blieb im Flur zurück und machte Licht an. Der Himmel draußen hing schon wieder tief, alle Zimmer im Zwielicht. Schau, wie der Himmel sich bückt, ihm ist nämlich schlecht, hatte ich am Morgen zur Kleinen gesagt, und Britt hatte gelacht und mich geküsst.

Findet ihr nicht auch, dass es nach Mutti riecht?

Kristin stand am Fenster ohne Gegenlicht. Den Sessel müssen wir auch wegwerfen, sagte sie, da setzt sich doch keiner mehr rein, und: Nein, tut es nicht.

Britt: Und du willst wirklich hierbleiben?

Kristin: Ja natürlich.

Britt: Aber das musst du nicht, ihr könnt das auch verkaufen und du suchst dir davon was Neues und es wird alles viel schöner. Dieses alte Haus!

Kristin: Ich weiß schon.

Britt: Aber warum willst du dann hierbleiben, verdammt noch mal?

Ausnahmezustände strecken deine Zeit, sagt Britt, dir ist dann, als würdest du länger leben als alle Anderen. Aber das ist nicht wahr. Meine Eltern sind nur einmal gestorben, jeder für sich, Mutter im Winter und Vater im nächsten Herbst. Alles dazwischen war ein kurzes, verschwommenes Jahr. (Aber dass ich immer noch nicht finde, schon sehr lange hier zu sein, dass ich in meinem eigenen Daumenkino stecke, nur vielleicht ohne Pointe.) Ich weiß noch jede Einzelheit aus der Zeit, in der ich Waise geworden bin. Aber so, als sei ich der Leser meiner eigenen Geschichte und sie schreibt sich einfach ohne mich weiter, ich lese nur mit. Spätwaise müsste es heißen, aber keiner sagt das, nicht mal Britt.

Dabei weiß ich, wie alles gewesen ist und was danach

kam: das wochenlange, akribische Ordnen der Sachen im Haus, die Staubmäuse und wahrscheinlich Jahrzehnte alten Brötchenkrümel in den Schubladen, einmal ein abgeschnittener Zehennagel im Badezimmerschrank, und jeden Tag das Gegenlicht auf den stumpfen Fensterscheiben, unser Rascheln und uns gegenseitig Anschweigen, wir gingen abwechselnd an die frische Luft, ob Kristin draußen doch noch geweint hat, keine Ahnung. Die Fotos haben wir erst zum Schluss aufgeteilt, fünf ordentliche Alben mit Spinnenmustereinlage und schwarzer Pappe, fünf Alben durch zwei. Im Oktober hatten wir schon den Notar hinter uns, alter Bekannter vom Vater, fester Händedruck, keine Schwierigkeiten in der Verfügung, wir konnten schalten und walten und alles hinter uns bringen: das Haus an Kristin, nur mit neuer Innenausstattung, was wieder ein halbes Jahr dauern sollte, aber dann standen die Bücher bei mir und auch das Buffet. Die Radierung, Vater als Sechsjähriger mit wachsweißem Haar, ein kleiner fremder Junge, habe ich ins Arbeitszimmer gehängt. Der Junge mit Vollbart vom Bestattungsinstitut hat mich noch Monate später auf der Straße gegrüßt. Irgendwann haben wir damit aufgehört. Ich weiß gar nicht mehr, was er auf der Beerdigung gesagt hat.

Flamingos

Ich bin Anführer. Mit gemessenen Schritten schreite ich vor dem Zug her. Nicht laufen, sondern schreiten, hat Gunnar gesagt, mit gemessenen Schritten. Schreiten ist langsames Gehen mit großen Schritten. Nicht zu schnell, aber auch nicht trippeln, Kleiner, also große Schritte, aber nicht so groß, dass du beim Laufen wippst, es muss der Situation angemessen sein, hörst du? Außerdem haben wir Zeit. Das Wichtigste ist, gleichmäßig zu schreiten, also: gemessen. Nichts ist schlimmer als ein Anführer, der mal schnell, mal langsam schreitet und dadurch Lücken im Zug verursacht, die durch leichten Trab in den hinteren Reihen wieder aufgeholt werden müssen, während sich vorne Bestürzung über die getretenen Fersen breitmacht.

Vorhin habe ich geübt. Ich bin mit gemessenen Schritten von Armins Treppenabsatz über den langen Korridor zum Wandschrank gegangen. Gunnar und ich besuchen Armin manchmal, Gunnar aber öfter als ich. Armin ist Pfarrer. Die Tür des Wandschranks sieht aus wie eine Zimmertür, ist aber niedriger und hat einen Schlüssel, den man nicht herausziehen kann. Armins Wandschrank ist also immer offen und ein gutes Versteck für kleine Menschen. Ich benutze ihn aber nie dazu, weil es darin nach altem

Stoff und Kindern riecht, die ich nicht kenne. Im Wandschrank hängen die Kurrendemäntel. Es gibt kürzere und längere, sie sind weit und schwarz wie die Kleider von kleinen Pfarrern und haben weiße Kragen. Ich habe mir einen der kleineren vom Bügel genommen und über meinen Anorak gezogen. Er ging mir bis über die Knie, verdeckte aber nicht meine dreckigen Hosen. Umziehen, brummte Gunnar aus dem Wandschrank.

Mit den dunkelblauen Cordhosen sieht es besser aus. Die Staubschliere auf der linken Schulter habe ich selbst noch entdeckt und weggerieben, sie klebte an meinen Fingern, ich musste sie auf dem Weg zur Kapelle an Armins Haustür abwischen.

Heute ist Sonnabend. Gunnar hat sonnabends oft keine Zeit, weil dann die Beerdigungen stattfinden und er das Kreuz trägt. Jedes Mal bekommt er dafür zwei Euro, für die er sich nichts kauft. Gunnar sagt, im Sommer lohnt sich das richtig, dann sterben die alten Leute in ihren überhitzten Gemüsegärten, manchmal geht er dreimal in der Woche mit Armin mit. Was er mit dem Geld anfängt, verrät Gunnar nicht. Wenn ich frage, macht er mit dem Arm eine große Bewegung und sieht mich ernst an, das bedeutet so viel wie: Schiffsreise nach Asien oder: Motorrad oder, wahrscheinlich: Führerschein mit sechzehn. Gunnar ist vier Jahre älter und einen Kopf größer als ich, er darf schon das hohe Metallkreuz tragen. Es ist schwarz, der Jesus auf der Vorderseite ist mit Goldfarbe bestrichen, das sieht schön aus. Dieses Kreuz hätte ich am liebsten genommen, aber ich bekam nur das kleinere aus hellem Holz, das lackiert ist und ohne Jesus, aber es ist schließlich das erste Mal, ich muss mich noch eingewöhnen. Ab heute bin ich Kreuzträger. Gunnar ist auch da und hilft mir ein bisschen.

Startpunkt war die kleine Kapelle neben den Gießkannen. Ich bin nicht reingegangen, obwohl das Tor weit offen stand. Der Geruch nach Kerzen, Scheuermilch und Parfüm sickerte auf den Vorhof. Kreuzträger stehen draußen und warten darauf, die Ersten zu sein, wenn der Marsch losgeht. Ich stand gleich neben den Sargträgern. Sie hatten gelbe Flecken an den Fingern und sprachen mich nicht an, Gunnar grüßen sie bestimmt sogar, mich haben sie nur komisch angesehen und nichts gesagt.

Der Sarg lag im Halbdunkel der Kapelle. Helles Holz wie das Kreuz in meiner Hand. Davor Blumen und weiße Schriftbänder. Ich konnte sie von da, wo ich stand, nicht lesen, aber sie sahen schön aus, Gunnar findet sie bestimmt auch gut. Papa in seinem Anzug sah sich andauernd nach mir um. Mama saß woanders. Der alte Kuckuck war auch da, er stand hinter der letzten Stuhlreihe und hatte beide Hände in der Hosentasche. Der kommt immer, weil er so viele Warzen hat und glaubt, dass die weggehen, wenn er ein Zettelchen mit etwas darauf zusammen mit der Asche und der Erde ins Grab wirft, hat Gunnar gesagt. Was draufsteht, wusste er auch nicht, aber Kuckuck ist immer da, also scheint es bis jetzt nicht geholfen zu haben.

Ich bin der Erste und Gunnar ist gleich hinter mir. Er sagt: Nicht vergessen, du bist jetzt Anführer, gemessene Schritte.

Direkt hinter mir muss auch der Sarg sein, ich kann die schweren Schuhe der Sargträger auf dem Kiesweg hören. Wenn ich mich umdrehe, kann ich das Kreuz bestimmt nicht gerade halten, also schaue ich direkt vor meine Schuhe und achte darauf, die Geschwindigkeit gleichmäßig zu halten. Das Kreuz ist nicht schwer, aber es schwankt über mir, ich muss es mit beiden Händen drücken, damit es stillhält. Mach keinen Stress, murmelt Gunnar in mein Ohr, ich bin direkt im toten Winkel.

Gunnar übt für die Führerscheinprüfung, dabei muss er noch ein ganzes Jahr warten. Er hat sich schon das Übungsbuch mit der Lochpappe gekauft. Man legt sie über die Antwortkästchen, das richtige Kästchen kann man durch das Lochmuster hindurch erkennen, die anderen werden verdeckt. Ein toter Winkel ist der Bereich zwischen Seitenspiegel und Rückspiegel, den der Fahrzeugführer nicht sehen kann. Gerät ein Fußgänger in den toten Winkel eines Kraftfahrzeugs, kann er um keinen Preis entdeckt werden. Jetzt ist Gunnar in meinem toten Winkel und ich achte auf meine Schuhe.

Von der Kapelle aus sind es ungefähr vierhundert Schritte über den Hauptweg. Alle hundert Schritte befindet sich eine Mülltonne für die vertrockneten Blumen und das Unkraut, ich habe das einmal abgezählt, als ich Gunnar und sein Kreuz nachgemacht habe, es ist schon eine Weile her, aber ich habe es mir gemerkt. Neben meinem rechten Schuh taucht die zweite Mülltonne auf. Armin geht neben mir im schwarzen Kleid, seine Hand liegt auf meinem Rücken. Die würde ich gern abschütteln, aber ich habe Angst, mit dem Kreuz zu wackeln, also lasse ich es bleiben und konzentriere mich. Lass ihn, sagt Gunnar, er hält sich nur an dir fest. Noch zweihundert Schritte.

Gunnar war am Montag absichtlich im Weg. Das Wohnmobil ist auch ein Kraftfahrzeug, oder nicht? Das hat zwei Außenspiegel und einen Rückspiegel, also müsste der tote Winkel nur ganz schmal sein!, hatte er behauptet. Schmaler als ich, wetten? Mit den Außenspiegeln siehst du auf beide Seiten, mit dem Schulterblick checkst du ab, was auf der Ecke ist, und im Rückspiegel hast du alles, was direkt hinter dir ist. Außer man hockt sich hin. Aber vielleicht auch dann.

Das Wohnmobil ist noch ganz neu. Es hat eine Küche mit Eckbank, Deckenlampe und Wasserkocher, ein Klo, eine Dusche mit weißen Hähnen für warm und kalt und vier leere Wandschränke, die aber anders sind als der in Armins Korridor. Neben unserem Volvo und dem Wohnmobil ist fast kein Platz mehr im Hof, die Gäste heute müssen alle am Straßenrand parken. Der Hof ist so eng, da kann man nur rückwärts reinfahren, weil man sonst schlecht wieder herauskommt, sagt Papa. Am Montag hat er das Wohnmobil abgeholt und ist mit Schwung die Einfahrt hochgefahren, bis zu Gunnar. Haha! Noch einhundert Schritte. Du spinnst total, Gunnar, sage ich, echt lustig. Gunnar sagt nichts.

Den Einfall mit dem Wohnmobil hatte Mama. Bis nach Spanien braucht man drei Tage. Und eine Woche, wenn man sich nicht beeilt. Auf halber Strecke liegt Strasbourg, das ist schon eine französische Stadt, und in Südfrankreich machen wir einen Abstecher und sehen uns frei lebende Flamingos an. Die sind rosa, weil sie immer kleine Krebse fressen, in denen Carotin enthalten ist. Das ist auch in Karotten drin. Würden Flamingos sich also von Karotten ernähren, wären sie genauso rosa. Sie sind nicht zu übersehen. Da fahren wir hin.

Ob wir auch zu dritt fahren, habe ich noch nicht gefragt. Ich habe seit Montag überhaupt nichts gefragt. Niemand hat was gefragt, aber wir sehen uns gegenseitig zu, Papa und ich und Mama, beim Nichtsfragen sehen wir uns zu. Aber nur von weitem, Mama ist nicht da, wo Papa ist, und ich bin hier vorne. Im Moment sehen alle mir zu. Ich bin Anführer. Mein Rücken schwitzt wegen Armins Hand und wegen allen Zuschauern hinter mir. Letzte Mülltonne. Der Erdhaufen liegt direkt am Hauptweg, es ist der dritte Platz neben der Hecke, hinter der die kleinen Urnengräber anfangen.

Armins warme Hand drückt mich nach links an der Erde vorbei. Das Loch ist viereckig und tief. Mein Hut, der hat vier Ecken, vier Ecken hat mein Hut, denke ich. Haha!

Du hast mir nicht gesagt, wie es weitergeht, denke ich, aber Gunnar schweigt. Armins warme Hand schiebt mich an den Rand des Lochs und legt sich wieder auf meine Schulter. Stehen bleiben. Jetzt sehe ich alles.

Der Trauerzug ist ungefähr zweihundert Schritte lang. Die meisten Leute kenne ich, meine Cousins sind auch da, weiter hinten laufen Winter und Johne, die alte Wolf und andere aus der Straße, Kuckuck geht ganz hinten, ich erkenne ihn an der hellbraunen Weste, die anderen sind alle in schwarzen oder dunkelblauen Jacken, die Frauen tragen Blusen. Gunnar ist nirgends zu sehen. Die Männer haben den Sarg jetzt neben dem Loch abgestellt und laden die großen Blumensträuße ab. Nachher kommen sie auf den Erdhügel. Das ist immer so, dieser Erdhügel ist genau wie alle anderen Erdhügel vorher und nachher, ein Unterschied ist nicht zu sehen und einen Grabstein gibt es auch noch nicht, auf dem man den Unterschied ablesen könnte. Die Blumen liegen dann so lange auf dem Erdhügel, bis er geschrumpft ist. Ich habe noch nie gesehen, dass jemand einen Erdhügel wegschaufelt oder so, was passiert mit der ganzen Erde, die kann doch nicht einsinken wie Blumenerde ins Beet, darunter ist doch was, darunter ist schließlich ein Sarg, was passiert also mit dem Erdhügel, was! Der Sarg ist viel größer als Gunnar.

In den Händen der Männer sehen die dicken Seile aus wie Waffen. Die schieben sie nachher unter den Sarg und heben ihn damit in das Loch, hat Gunnar gesagt, ganz langsam lassen sie dann Seil nach, damit die Leiche nicht verrutscht und dann schief liegt. Früher lagen Leichen oft schief im Sarg, aber das lag auch daran, dass manche noch gar nicht tot waren, als man sie hineingelegt hat. Es ist eigentlich alles fast so, wie Gunnar es erzählt hat. Armin steht rechts neben mir und hat losgelassen. Er liest etwas aus der Bibel, es geht um jemanden, der mit Flügeln der Morgenröte an den äußersten Rand des Meers fliegen und sich dort verstecken will, aber die rechte Hand hält ihn immer noch fest. Als ich den Schulterblick machen will, rutscht mir die Stange aus der Hand, macht einen Halbkreis über meinem Kopf, das Kreuz zieht knapp an Armins plötzlich ausgestrecktem Arm vorbei, fällt auf die Erdbatzen und rutscht langsam, kopfüber in das Loch und bis auf den Holzdeckel, was ein hohles Geräusch macht, und dann klackt es laut, Klarlack auf Metallbeschlag.

Niemand sagt was und niemand macht einen Schritt vor, um besser hineinsehen zu können. Der Friedhof ist eine Ansammlung dunkler Gäste, die auf dem Kies scharren und deren Kleider aneinander reiben. Ich drehe mich vom Loch weg, mache meinen Schulterblick und hole Luft: Gunnar, bist du noch da?

Siebenleben

In das Heldendenkmal vom ersten Krieg waren auch die Namen der Helden vom zweiten gehauen worden, dunkelgrauer Granit am Hinterausgang des neuen Friedhofs. Dahinter leuchteten die Sandwege. Der Hof direkt gegenüber gehörte Thomas. Platz für einen Stall mit vier Boxen und eine viereinhalb Meter hohe Scheune für die Futtermittel und das Heu. Die Pferdeverrücktheit hatte er vom Vater. Vom Vatsch, dachte er, das hab ich vom Vatsch. Wenn er sich an ihn erinnerte, dachte Thomas an seinen Umriss in der Stalltür, mager und mit großen Ohren, an harte warme Hände, an Kohlsuppe und an die dünnen Briefe im Winter. An seine Augenfarbe, seine Stimme und an seinen Gang dachte er nicht, weil er sich nicht dran erinnern konnte. Dem Jungen hätte er vielleicht erzählt, wie merkwürdig das ist, dass man sich beim besten Willen nicht an die Augenfarbe seines Vaters erinnern kann, aber er ließ es bleiben. Abgesehen von manchen Nachhausewegen, wenn er gerade zum Heldendenkmal sah, sagte er nichts. Sechster Name von unten, guck, da steht der Opa. Weiter hinten die Mutsch, die hat einen eigenen Stein, immerhin!, aber das gehörte erst recht nicht zum Thema.

Thomas hielt einen Araber im Stall, Hengst, glänzendes Fell, unruhig. Er hatte ihn selbst zugeritten und jagte jeden Abend mit ihm über die Felder. Wenn es kalt war, fanden sich in den Ackerschollen schmale Hufabdrücke aus Eis, sie waren fest und scharf wie geschnittenes Glas. Was Thomas sonst noch gern hatte, wusste niemand so genau. Er selber sagte nicht viel. Sein Junge war da anders. Der redete vor sich hin, am laufenden Band und nicht nur, wenn er allein war. Oder glaubt der, keiner hört zu?, fragte sich Thomas und hatte recht. Man hörte zu, jedenfalls solange man es aushielt, und zog Thomas dann auf: Dein Kleiner brummelt wie 'n Zweitakter. Aber wann das angefangen hat, dass der Junge jeden Tag um die Koppel strich, auf der der Araber graste, jeden Tag, und überhaupt nicht mehr woanders auftauchte, dass er den Araber mit Sauerampfer versorgte oder merkwürdige Sachen machte (brummelte vor sich hin, schoss mit dem Luftgewehr nach Bisamratten und Stichlingen, versenkte stundenlang Kiesel im Graben, saß da und schnitt Grimassen für sich selber, aß Äpfel und brummelte wieder dabei –), ist genauso schwer zu sagen. Mitte Mai vielleicht, die ersten guten Tage. Dass niemand mitmachen, zuhören oder überhaupt weiter mit ihm zu tun haben wollte, ob ihm das was ausgemacht hat?, fragte sich Thomas erst viel später, jedenfalls nicht im Mai und auch nicht im Juni. Wenn der Junge den Hengst vor den ersten Sommergewittern in den Stall zurückführte, hatte er zerzauste Haare, grüßte und strahlte alle an, als hätte ihm jemand was Gutes getan. Die Blicke wird er bemerkt haben. Aber der Junge war, wie er war, redete Zeug, trieb sich rum.

Die Koppel war ein guter Platz. Still und grün und mit einem Graben am hinteren Rand, manchmal kam tagelang niemand vorbei. Guter Platz für den Jungen, hat Thomas geglaubt. Gesagt hat er also nichts, als der Junge nur noch zum Schlafen heimkam, erst ab und zu und mit leisem Druck auf die Klinke, dann öfter und immer erst gegen elf. Thomas hat seine Arbeit im Betrieb gemacht, es gab zu tun, mehr oder weniger, danach blieb er allein und horchte nur manchmal in die Diele, ob der Junge endlich kam. Wenn er auch halb zwölf noch nicht aufgetaucht war, ging Thomas zur Koppel und holte ihn ab. Sie gingen gemeinsam nach Hause, Thomas auf dem Rücken des Arabers und der Junge zu Fuß nebenher. Gegen Ende Juli kam der Junge gar nicht mehr. Er ging mehrere Tage hintereinander zur Koppel, blieb bis in die Nacht neben dem grasenden Araber stehen und wartete. Die Weiden am Graben hinter der Koppel rauschten. Der Junge blieb weg, irgendein Versteck. Über Thomas rasten Sternschnuppen über den Himmel, leuchtende Steine.

Im August drehte der Wind. Als Thomas den Jungen zwei Wochen nicht mehr gesehen hatte, sattelte er den Hengst und ritt in die Felder. Er kam im Dämmerlicht heim, sein Junge trottete neben ihm her. An den Fenstern der Hauptstraße bewegten sich die Gardinen. Sonderbar anzusehen war dieser Heimweg, weil der Hengst so groß und sauber war im Vergleich zum Jungen, den Thomas weiß der Teufel wo gefunden hatte. Er war verdreckt, lief aber auf gleicher Höhe mit dem Araber, Augen immer auf die Nüstern gerichtet, als ginge er mit dem Pferd und nicht mit Thomas.

Eine alte Katze auf Thomas' Hof hatte noch einmal gejungt. Sieben waren es geworden, drei davon so klein, dass sie fast keine Chance hatten, aber die anderen vier tapsten aufeinander herum und stießen die Köpfchen in den weichen Katzenbauch. Es waren zu viele. Einer hätte sie in den Bach werfen müssen oder wenigstens gegen die Wand, sie hatten schon fast die Augen offen. Und einer hätte den Hof besorgen müssen, Stall ausmisten, Kaninchen versorgen, Wäsche waschen, zum Friedhof und Unkraut jäten, während Thomas im Betrieb zwei Schichten hintereinander schob. Zu Hause sitz ich nur rum, hatte er im Betriebsbüro erklärt und damit gemeint: Zu Hause warte ich bloß. Aber der Junge schien andere Sachen im Kopf zu haben. Der Graben schnitt die Koppel vom Feldweg ab, fast still stehendes Wasser mit Stichlingen darin, Entengries und Schilfzigarren. Als der Junge in den Weg zur Koppel einbog, hatte er zwei prall gefüllte Stoffbeutel dabei. Es sah so aus, als wären die Katzenjungen drin.

Als Thomas gegen eins heimkam, war der Junge weg. Er

zog den Anorak wieder über und lief in den Stall. Den halben November über machte er das. Diese Suchaktionen mit der Taschenlampe und auf dem Rücken des Arabers, Thomas ritt immer allein los, als wäre das eine Frage der Gewöhnung und halb so wild. Und er fand ihn auch oft. Hinter den angelehnten Schlafzimmerfenstern auf der Hauptstraße war das Traben der Hufe zu hören, die weichen Turnschuhe des Jungen machten kein Geräusch, aber er lief still neben dem Hengst her. Versetztes Atmen von Thomas und dem Jungen hörte man ebenfalls heraus, aber keinen Streit, kein Gespräch, nichts. Wenn Thomas dabei war, schwieg der Junge, als wäre das seine Art. Manchmal verstrichen Tage, bis es wieder zu hören war. Wie der Junge neben dem Hengst mit Thomas darauf nach Hause trottete, spätabends und ohne ein Wort.

Ab dem ersten Advent blieb Thomas zu Hause. Überstunden hatte er genug, er meldete sich im Betriebsbüro ab und ging einfach heim. Thomas ließ dem Araber die Hufe machen, mistete seine Box aus, deckte das Grab mit frischen Tannenzweigen zu, reparierte den Kaninchenstall, machte die Wäsche, obwohl kaum welche anfiel, so ohne den Jungen, und holte Getränke. Auf dem Scheunentor lag den ganzen Tag über der Reif, die Sohlen seiner Gummistiefel knarzten, bald würde es Bodenfrost geben. Wird schon wissen, was er treibt, ich leg den nicht an die Leine. Die Katzenjungen vom Herbst waren nicht aufzustöbern, wie in der Winterluft aufgelöst, keine Bewegung im Heu. Thomas stellte Schwippbögen in die Fenster und fuhr manchmal zum Einkaufen in die Stadt, aber nur kurz, er brauchte nie länger als eine Stunde.

Dritter Advent, Betriebsfeier. Man hatte ein Lokal gemietet und Thomas ging mit, weil er drum gebeten worden war. Das bisschen Spaß, hatte es am Telefon geheißen, bist ja nicht lange weg. Den ganzen Abend saß er mit den anderen an der Tafel, auf der bunte Servietten lagen und Konfetti in drei verschiedenen Farben. Als die Frauen aufstanden um zu tanzen, blieb er sitzen, sah zu, und wenn sie ihn anlachten, griff Thomas nach seinem Becher. Er trank seinen Glühwein, vollgesogene Apfelsinenstückchen auf dem Becherboden. Er pickte sie mit der Gabel heraus und sog an ihnen, bis sie nach nichts mehr schmeckten.

Thomas war heiß im Gesicht, als er mit den anderen ins Auto stieg. Hatte er also den ganzen Abend über nicht an seinen Jungen gedacht, nicht für eine Minute, Teufel komm raus, staunte er über sich selber, als der Junge plötzlich im Scheinwerferlicht auf dem Mittelstreifen stand, wie aus dem Boden gefahren. Eine Katze strich um seine Beine und auf seinem Gesicht starrte Dreck, und dann dieses wirre Haar, ganz wirres Haar.

Jemand schaltete den Motor ab, Parklicht. Der Junge stand jetzt im Halbschatten und schüttelte vielleicht den

Kopf, was nicht gut zu erkennen war, möglich auch, dass der ganze Junge leicht hin- und herschaukelte. Er trug mindestens zwei Hosen und mehrere Pullover übereinander. Seine Arme standen wegen der Stofflagen seltsam vom Oberkörper ab. Er hatte keine Jacke an und Rauhreif auf der Hose.

Was dann kam: Ein Sprung des Jungen aus seiner eigenen Haut heraus, und das mit einer Geräuschlosigkeit, jedenfalls vorerst, die sich in Thomas' Ohren einschnitt. Weitere Sprünge mit hoher Geschwindigkeit, im wahnwitzigen Zeitraffer, sein Schwanken und vor allem die abgehackten Bewegungen von Hals und Mund, richtig geredet hat der Junge nicht, aber irgendwann gerufen. Gerufen hat er, aber Thomas konnte nichts verstehen, er hat einfach nichts verstanden, niemand hat etwas verstanden, und das lag nicht daran, dass man das Zuhören nicht gewohnt gewesen sei, sondern das waren gar keine richtigen Worte gewesen, eher ein Miauen wie das von kleinen Katzen, und Lachen war dabei, das gepresst klang, dazwischen geflüsterte Wortfetzen, die vom Mund des Jungen wegsprangen und unverständlich blieben. Man stieg aus. Einer nach dem andern. Die Frauen waren plötzlich nüchtern und sahen zwischen Thomas und dem Jungen hin und her, die Männer sahen knapp an beiden vorbei. Man stand vor der Motorhaube. Keiner hat sich bewegt. Thomas stand zwischen den Anderen wie Wachs und war mit einem Mal müde, sein Kopf war ganz schwer, aber der Junge drei Armlängen vor ihm zappelte und schrie, weinte und kicherte und fror, das war deutlich zu sehen, wie er fror. Thomas sah woanders hin, der Junge fror so. Und alle standen steif herum. Und wenn er versucht, was zu sagen, ging es Thomas durch den schweren Kopf, das Wichtigste von allem, wenn er das Wichtigste überhaupt erklären will, das möcht ich mal wissen, möcht ich! Der schuldet mir eine Erklärung, oder hab ich was überhört im Sommer, als er noch da gewesen ist, mein Junge, oder hab ich was vergessen, irgendwas mit der Mutsch, mein Junge, oder geht's um mich oder was hab ich vergessen, was! Jetzt schrei nicht, Junge, warum macht denn keiner was! Aber Thomas hielt den Mund und keiner machte was außer dem Jungen, der knapp an Thomas vorbeisah und kicherte und zitterte, eine fremde Katze huschte aus dem Lichtkegel, blieb aber in der Nähe, irgendwo am Seitenstreifen, es war ziemlich dunkel. Der Junge schrie noch lange, schrie irgendwann eher vor sich hin, zuckte irgendwann und krümmte sich, krampfte und fiel hin, er konnte sich nicht ruhig halten oder verständlich machen, aber dann: Einer griff ihn von hinten um den Brustkorb, ein anderer drückte ihn in die stabile Seitenlage, Kopf auf die Brust gepresst, und dann langsam, langsam wurde er stiller. Als ob er keine Luft mehr bekäme, sein Japsen, seine unverständlichen Wortfetzen, möglicherweise eindringliche Endungen ganzer Wörter, ganzer Erklärungen: ch…ch…ll…b…bt…en…ung…chch…lll. Als das Blaulicht ankam, wimmerte der

Junge nur noch und zitterte. Sie hoben ihn vom Asphalt auf, die Türen schlugen zu und Thomas stand da und sagte kein Wort, was hätte er auch sagen sollen.

Vierter Advent. Drei Tage später war Weihnachten und wieder drei Tage später war das auch vorbei, bald würden die Tage wieder länger. Thomas hatte eins der Kaninchen geschlachtet und eine Tanne geschmückt. Sie stand am Fenster zur Straße, Lichtfetzen auf den Steinplatten im Vorgarten.

Kurz nach Neujahr kam eine Frau vom Jugendamt. Er zeigte ihr seinen Betrieb, die Straße zur Stadt, den Friedhof, die Koppel mit dem Graben, das alte Zimmer vom Jungen zeigte er ihr auch, und als sie wieder gefahren war, brannte bis eins Licht im Stall.

Am nächsten Morgen stellte er die Tanne in den hinteren Garten zum Feuerholz und wickelte die Schwippbögen in Zeitungspapier, die Nachmittage wurden schon heller.

Der Besuch war unangekündigt, eintausendfünfundsechzig Tage später, das macht fast drei Jahre. Am späten Nachmittag klingelte es zweimal kurz hintereinander, Thomas drehte langsam den Kopf. Braucht die Nachbarin was? Vielleicht bin ich einfach nicht da.

Als es zum dritten Mal klingelte, stand Thomas auf und war mit einem Mal müde. Seine schweren Arme, so schwer, die weichen Tritte auf dem Abstreicher, und in seinen

Ohren rauschte es, ganz langsam drehte er den Schlüssel um und machte auf. Sie standen sich eine Weile im Eingang gegenüber, genau eine Armläge entfernt. Sein Junge, sein Junge, dachte Thomas, war hochgeschossen und ebenso mager wie Thomas' Vater. Er hatte die Hände in den Hosentaschen und erzählte vom Wohnprojekt in der Stadt und von einer Ausbildung, die er angefangen hatte, höchste Zeit sei es ja, nein, noch lange nicht abgeschlossen, aber gut, danke.

Bodenfrost haben wir auch noch, murmelte Thomas. Den Araber würde das totmachen. Bis Oktober stand er aber draußen, tut ihm gut. Thomas senkte schon den Kopf, als ihm noch einfiel: Bei der Koppel treiben sich jetzt Katzen rum. Die überleben jeden Winter und gehören zu keinem Hof.

Mutabor

Das Vorspiel ist zu Ende und der Einsatz verpatzt. Wo bleibt die erste Geige? Mende spielt eine Variation und setzt noch mal zum Vorspiel an. Kurz vor dem Streichereinsatz schaut er zur ersten Geige, die eigentlich Iris heißt. Aber Iris schaut auf Mendes Klavierhände und rührt sich nicht. Was ist los? Zweiter Einsatz verpatzt. Mende dreht sich zum Publikum, das aufgehört hat, in den Handtaschen herumzufuhrwerken, Fotos zu schießen und den Sitznachbarn zu zeigen, welches der Kinder in der Streichergruppe zur Familie gehört. Mende dreht sich einmal zum Publikum und wieder zurück zu Iris. Er spielt irgendwas, das zum Stück passt. Es ist der Schneewalzer, der wird jeden Herbst bis zum Abwinken eingeübt und jetzt ist Dezember, die Kinder kennen ihn auswendig, Mende versteht nicht, was plötzlich gespielt oder nicht gespielt wird, und variiert noch einen Übergang zum Vorspiel. Mende spielt, ohne hinzusehen. Er schaut auf Iris. Iris schaut aber nicht auf Mende. Iris schaut auf die Klaviertasten, die unter Mendes altersfleckigen Fingern nach unten gehen. Sie will sich konzentrieren, aber ein Rauschen in ihren Ohren lenkt sie ab. Sie denkt: Wo ist die ganze Musik hin, wo ist das Klavier? Wo zum Teufel ist Mende, wenn man ihn braucht? Iris weiß, dass Mende direkt vor ihr sitzt und dass es ihr eigenes Blut ist, das sie rauschen hört. Aber sie denkt: In meinem Kopf ist lauter Wasser. In meinem Kopf ist überhaupt keine Musik mehr. Mein Kopf ist unter Wasser. Mende schaut Iris an. Iris! Die anderen Spieler halten ihre Bögen unmittelbar über den Saiten und warten darauf, dass sie zum Zeichen, dass es endlich losgeht, ihre Geige hebt. Keiner rührt sich. Alle schauen auf Iris. Aber Iris schaut auf Mendes Hände. Die Tasten gehen unter seinen Fingern nach unten und schnippen wieder hoch. Iris hört nur das Rauschen in ihren Ohren. Wo ist die ganze Musik hin? Wo kommt das ganze Wasser her? Sie kneift die Augen zusammen und behält Mendes Klaviertasten fest im Blick, aber beim besten Willen, sie kann sich einfach nicht konzentrieren, alle Musik ist wie weggeschwemmt und Iris verpasst zum dritten Mal den Einsatz. Mende verzweifelt und spielt weiter. Irgendeine Variation und nach sieben Takten wieder zum Vorspiel zurück. Mende dreht den Kopf und denkt: Iris? Iris dreht den Kopf und denkt: Anja? Anja sitzt aber nicht am Cello. An ihrer Stelle sitzt der neue Cellist, der eigentlich Lars heißt und Anja gar nicht kennt. Er dreht den Kopf in Mendes Richtung und denkt: Herr Mende, machen Sie was, Scheiße, machen Sie doch was. Mende sitzt mit dem Rücken zu Lars und spielt das vierte Vorspiel. Er schaut nicht auf seine Finger, sondern auf Iris. Mende denkt nichts Sinnvolleres als: Hier spielt die

Musik. Iris? Aber Iris schaut auf Mendes Finger und hört nichts anderes als ein lautes, anhaltendes Rauschen in ihrem Kopf.

Lars ist der Letzte, mit dem das hier zu tun hat. Er kommt erst nach Anja ins Spiel, aber dann ist diese Geschichte schon zu Ende. Alles hat nämlich mit Anja zu tun.

Anja mit Cello, Iris mit Geige. Die Kirschblüten im ersten Schrebergarten auf dem Weg zur Musikschule sind aufgeblüht, dahinter stehen Schlehenbüsche mit bunten Plastikeiern dran, und die Beete sind voller Narzissen und Kompost. Überall Plastikeier, sagt Iris. Anja: Welche Farbe? Iris: Alle Farben. Anja streckt die linke Hand aus und lässt sie über den Lattenzaun rattern. Der ist ja nass, voll eklig! ruft sie. Da ist so kalter Schleim drauf, Zaunschleim! Der Cellokasten auf ihrem Rücken reicht bis über die Lattenzäune und die Hecken, aber nicht bis zum Schrebergartenschild: »Willkommen in der Gartengemeinschaft Adebar!«, liest Iris vor. Der Geigenkasten zieht ihr am Handgelenk, aber sie wechselt ihn nicht in die andere Hand, weil sie mit der schon Anja hält. Iris schaut Anja zu. Fast immer. Anja schaut überall und nirgends hin. Immer. Jetzt lacht sie und wischt sich die Hand am Anorak ab. Du mit deinem Geigenkasten. Wieder keine Lust heute, was? Iris: Aber du! Du und dein Supercello! Anja: Fidel Castro, Fidel Castro … Weißt du überhaupt, wer das ist! Iris: Nö. Anja: Egal. Jetzt sag doch mal, was siehst du denn?

Im vierten Schrebergarten riecht es nach Mittagessen, im siebenten verbrennen zwei Männer gerade feuchtes Laub, Rauch steigt hinter dem Schuppen auf und stinkt. Die spinnen, sagt Iris. Die Römer!, ruft Anja und lacht schon wieder. Iris lacht auch. Hinter dem achten Schrebergarten steht der letzte Schuppen. Rechts kommen Acker und der Mittagsweg, der so heißt, weil mittags die Sonne genau darüber steht. Iris erzählt, dass links zwei Schimmel und ein Wallach hinterm Elektrozaun stehen und aus ihren Nüstern warmer Atem rauskommt. Anja: Welche Farbe? Iris: Weiß. (Anja und Iris haben keine Ahnung, was vor ihnen liegt. Oder nur vor Anja. Oder dass vor Anja nicht mehr viel liegt, und dass vor Iris noch sehr viel mehr liegt als vor Anja. Gerade liegt sowieso nur der Kanalweg vor ihnen, und danach die Musikschule.)

Anja kennt die Strecke fast so gut wie Iris und streckt trotzdem die Hand zum Elektrozaun aus, bis Iris sie zurückzerrt. Anja kreischt: A-a-h, i-i-i-i-i-i-ch st-e-e-e-e-e-r-b-e-e-e! Du hast eine Vollmeise!, ruft Iris. Dann die Steigung zur Kanalbrücke. Auf den Betonplatten angekommen, halten sie sich am Geländer fest. Iris beugt sich vor und starrt aufs Wasser. Unten schwimmen dicke schwarze Fische auf gleicher Höhe gegen den Strom. Das Wasser kommt vom Stahlwerk und ist rostbraun. Iris erzählt, dass es heute dreckig ist und die Fische kaum zu erkennen sind. Anja: Welche Farbe? Iris: Äh, so rot. Anja: Wie Blut. Blut ist auch rot. Iris: Komm schon, Mende fängt in vierzehn Minuten an.

Hinter dem Kanal geht es steil nach unten. Die Luft in der Waldschonung ist klamm, weit über Anja und Iris kämmt sich die Mittagssonne durch die Fichtenkronen. Anja hebt den Kopf und reißt die Augen auf, aber der Wald ist schon zu Ende.

Jetzt noch über den Graben und an den Zigeunern vorbei. Die sind schon die zweite Woche hier, sagt Iris. Weiß ich, sagt Anja. Auf dem Steg waschen zwei Frauen in langen, bunten Röcken Wäsche, dabei ist der Graben noch rostiger als der Kanal, was aber nicht einmal Iris sieht, weil jetzt schneeweißer Schaum darauf schwimmt. Die Frauen tragen bunte Wolltücher über ihren Zöpfen, flüstert Iris. Und die Haare sind pechschwarz! Anja sagt laut: Zigeuner kommen eigentlich aus Indien. Iris starrt auf die größeren Mädchen. Sie haben feste schwarze Augenbrauen und stemmen die Hände in die Hüften, manche haben schon Brüste. Ich will auch mal nach Indien, sagt Anja. Iris sagt: In zehn Minuten fängt Mende an.

Die Musikschule befindet sich im Plattenbau direkt hinter dem Sportzentrum. Die Straße heißt Eichenhain, aber es stehen keine Eichen darauf, eigentlich überhaupt keine Bäume, wenn Anja und Iris die bis zum Stamm abgesägte Weide vor dem Lidl nicht mitrechnen. In den Hauseingängen sitzen Jugendliche. Sie haben sich Bierflaschen geholt, die werden gerecht verteilt, der erste Schluck wird immer auf den Boden gespuckt. Davor stehen Kinder mit Fahrrädern herum. Noch drei Minuten, bis Mende anfängt, sagt Iris und denkt: Nicht rübergucken, nur vorbeilaufen, ganz normal. Jemand ruft: Na, ihr Zwerge, so klein und schon Händchen halten! Im nächsten Hauseingang pfeift einer durch die Finger. Iris murmelt: Der meint uns nicht. Anja denkt dasselbe, hebt aber zur Sicherheit den Mittelfinger in irgendeine Richtung. Iris denkt: Wo genau liegt Indien?

Die Musikschule hat keine eigenen Räume, also sind alle möglichen Fachräume sonnabends von Musikschülern besetzt. Nur die Streichergruppe darf ins Musikzimmer, weil Mende sie schließlich auf dem Klavier begleitet. Aus dem Physikkabinett oben dröhnt abgehackte Akkordeonmusik. Über den Gang laufen verspätete Bläser. Anja und Iris spannen die Bögen, lassen sie zum Prüfen der Spannung auf den Handrücken wippen und reiben sie mit Kolophonium ein. Die zweite Geige und die Bratsche sind schon fertig und auf dem Platz. Dass das Kolophonium wie Bernstein leuchtet, denkt Mende, weil er das jeden Sonnabend denkt, wenn die Streicher kommen. Dann fällt ihm ein, dass er den Mädchen das neue Stück zeigen will, das kleine Mozartmenuett, dessen Schlusspassage wie ein »leiser Gesang der Seele« klingt, wer hat das noch gesagt?

Jetzt aber mal anfangen!, sagt Mende laut und schaut auf die Uhr. Dass Anja und Iris nicht so rumgackern sollen, wenn sie schon zu spät sind, denkt die zweite Geige, die eigentlich Madlen heißt, und lässt dabei ihre Finger knacken, jeden einzeln und dann noch mal von vorne: knicks. Dass sie nicht geübt hat, denkt die Bratsche, eine dicke Neunjährige, die merkwürdigerweise Viola heißt. Iris kichert, weil Anja Udo Lindenberg vor sich hin singt: »Du spieltest Cello, in jedem Saal in unsrer Gegend, ich saß immer in der ersten Reihe, und ich fand dich so erregend!« Es ist zwanzig nach zwölf, Mende auf dem Klavierhocker dreht sich um und gibt die A-Dur-Tonleiter vor. Aus dem Augenwinkel sieht er plötzlich Bewegung vor dem Fenster. Es schneit, Herrgott noch mal. Mitten im April.

Wintereinbruch, sagt Iris neunzig Minuten später vor dem Schultor. Scheißekalt, oder? Über den Beton fegen hauchdünne Schneeteppiche. Anja drückt ihre Hände an Iris' Gesicht. Sie hat keine Handschuhe mit. Iris lacht auf, nimmt Anjas Hände von sich weg und tippt auf Anjas dreckige linke Hand: Hast du echt so Mozart gespielt? Anja betastet ihren Handteller, jetzt fällt es ihr wieder ein: Ach ja, der Zaun, der war vielleicht eklig. Jetzt aber Eis essen, okay?

Vier Grad unter Null. Anja und Iris stehen vor dem Supermarkt und frieren, Anja mit Schlumpfeis, Iris mit Cornetto. Die Jugendlichen von vorhin sind weg, der Platz ist leergefegt, Kassenzettel schwirren über die Betonplatten. Anja hält ihr Eis mit dem Ärmel ihres Anoraks fest und leckt. Ihre Augen hat sie in Richtung des Eingangsschildes verdreht, so als könne sie darauf die überdimensional großen, leuchtenden Buchstaben L, I, D und L ablesen.

Iris: Wo guckst du eigentlich die ganze Zeit hin? Anja: Na guck doch selber. Iris: Da ist doch nur das Leuchtschild. Siehst du das, oder was? Anja: Klar seh ich das. Und wie das leuchtet! Iris: Welche Farben hat es denn? Anja: Hell. Und welche Farben hab ich? Iris: Rote Finger, hellblaue Lippen. Anja: Rot und blau geht dem Kasper seine Frau. Und ein bisschen gelber … Iris: Und mich? Anja: … geht der Kasper selber! Iris: Und mich? Siehst du mich auch? Anja: Klar seh ich dich! Echt, wie du wieder aussiehst!

Haben Anja und Iris je Streit? Eigentlich nicht. Sie kommen immer zu zweit zur Musikschule, und sie gehen auch wieder zu zweit. Und wer dabei an wessen Hand läuft, ist, naja, Ansichtssache. Anja freut sich jeden Sonnabend auf die Probe, Iris freut sich mehr auf den Hin- und den Rückweg. Ab und zu muss sie allein gehen.

Iris: Wie, du kannst nicht.

Anja: Ich soll zum Augenarzt.

Iris: Hast du's gut! Ich will auch mal zum Arzt, wenn Musikschule ist. Aber ich bin ja nicht –

Anja: Ich bin nicht blind.

Iris: –

Anja: Ich seh Hell und ich seh Dunkel und darauf kommt's an, also bin ich nicht blind.

Iris: –

Anja: Nicht richtig, hörst du!

Iris: –

Anja: Ich bin nicht richtig blind.

Iris: –

Anja: Wenn du das noch mal sagst! Dass ich blind wär oder so!

Iris: Anja?

Anja: Vergiss es.

Es ist Mitte Juli. Schulfest. Im Publikum vor der improvisierten Festbühne auf dem Sportplatz befindet sich dieser Mann, Mitte vierzig, gutmütig, ein bisschen hager. Er ist Angestellter der Speditionsfirma DRIVE 'N' FLY und sein Ältester ist gerade durch die Realschulsprüfung geflogen, was jetzt aber keine Rolle spielt, denn der Bierbecher in seiner Hand schwebt auf halbem Weg zum Mund in der Luft. Keine Ahnung, wer sich das ausgedacht hat, denkt er. Aber was die Kinder da spielen, klingt, als würde jemand in mir drin leise singen.

Madlen und Viola, Iris und Anja sitzen auf dem Sportplatz und halten Mozarts letzte Note aus. »Mezzopiano Vibrato« steht daüber, aber die Bratsche und die zweite Geige können noch kein Vibrato und Iris eigentlich auch nicht, sie wackelt nur mit dem Finger und nicht mit der ganzen Hand. Blöd sieht das aus und geht viel zu langsam, gut, dass wenigstens Anja das kann, denkt Iris. Anja denkt gar nichts. Anja spielt. Sie ist die Einzige, vor der kein Notenständer steht. Anja spielt auswendig und mit aufgerissenen Augen. Die Noten hat sie zu Hause einzeln abgetastet. So lange, bis sie das ganze Menuett im Kopf hatte. Anja sieht nicht viel. Wie viel eigentlich? Sieht Anja Farben? Mende sieht im Moment nur die schwarzen und weißen Tasten des Keybords vor sich, seine Hände sieht er vor Anstrengung gar nicht. Vor dem Schulfest hat er Lampenfieber gehabt, aber das hat Mende vor jedem Auftritt seiner Streichergruppe. Jetzt hebt Iris die Geige, letzter Ton also, ganze Note und: Schluss. Aus. Ende, denkt Iris. Mende dreht sich zu den Mädchen um, und erst danach zum Publikum. Sein Gesicht glänzt. Er strahlt und verbeugt sich. Applaus!

Aus den Boxen kommt wieder Musik, die Eltern im Publikum bleiben einfach sitzen oder holen sich Bockwürstchen, der Chemielehrer in kurzen Hosen (und mit Dagobert Duck-Strümpfen, erzählt Iris Anja später) stellt sich mit dem Rücken zu Mende und der Streichergruppe auf, klatscht in die Hände und sagt den nächsten Programmpunkt des Schulsommerfests an: Jaaaa, einen kräftigen Applaus für unsere Streichergruppe, aber JETZT, liebe Eltern und liebe Schüler, erwartet Euch die Klasse 7b mit ihrer Modenschau TEEN BIRDS FLIGH HIGH! Rechts außen üben drei Erstklässler den Ententanz und wackeln dafür mit ihren Pos und Ellenbogen hin und her. Die Streichergruppe entspannt die Bögen und packt die Instrumente ein. Mende steht herum, strahlt immer noch und will etwas sagen, aber ihm fällt nichts ein. Es ist die vorletzte Schulwoche und ziemlich heiß. Er hat die oberen Knöpfe seines Hemdes aufgemacht, sein Brusthaar ist dicht und schneeweiß. Als er Anja den Cellokasten abnimmt, um ihn im Sportsaal unterzustellen, denkt sie: Mende riecht nach Filterkaffee und fast gar nicht wie ein Erwachsener. Mende denkt: Der Schluss klang wirklich wie ein »leiser Gesang der Seele«, sogar mit Wackelvibrato. Iris fragt Anja: Kommst du mit Eis essen? Anja zurück: Klar, vier Kugeln!

Vier Kugeln pro Nase? Das war die Mathelehrerin, die das Eis verkauft. Über ihrer Dauerwelle hängt eine rosa Festgirlande. Die hat Schweißperlen auf der Nase und Lippenstift aufm Mund, flüstert Iris in Anjas Ohr. Anja fragt: Welche Farbe? Iris: Lila. Anja sagt laut: Pah, lila. Beide greifen nach ihren Waffeln und lassen sie stehen. Iris schwitzt. Anja schwitzt auch, denkt aber nicht dran und leckt ihr Eis. Sie hat vier Kugeln, und Iris hat zwei. Alles ist wie jedes Jahr. Der Schulhof ist staubig, Mende steht drüben am Bockwürstchenstand und kramt in der Geldtasche. Eltern mit und ohne Kindern und eine Menge Lehrer bewegen sich wieder langsam in Richtung Sportplatz. Die Modenschau ist schon zu Ende, dafür geht jetzt das Seifenkistenrennen los, es startet genau (der Chemielehrer klatscht in die Hände und brüllt:) JETZT! Die Oberstufenschüler haben die Kisten selbst gebaut, Iris sieht eine Zinkbadewanne auf Rädern und ein aufblasbares Gummiboot mit Fahrwerk. Dann entdeckt sie eine Riesenpappkiste, an deren unterem Rand behaarte Männerbeine mit Rollschuhen herausstaken. Aber Anja unterbricht sie: Welche Farbe hat mein Eis? Iris: Blau. Anja: Du lügst, das ist braun. Iris: Woher weißt du das? Anja: Verarsch mich nicht, Iris. Niemals, hörst du? Schokoladeneis ist immer braun. Ah, voll heiß hier!

Unter der Trauerweide hinter dem Sportplatz ist es kühl. Grünes Licht fällt durch die Zweige. Iris hält still, leckt am Eis und denkt an Algen. Man könnte mal Taucherin werden, Anja.

Ja, zum Beispiel in Indien. Und ganz tief tauchen. Bis zu den blinden Fischen.

Den blinden Fischen?

Die leben ganz unten am Boden der großen Ozeane, wo kein Licht mehr hinfällt. Das ist so dunkel da, Iris, so unglaublich dunkel, dass nur die blinden Fische das aushalten.

Blinde Fische … Man müsste welche hochholen.

Wenn du einen raufholst, stirbt er auf der Stelle.

Warum?

Und Anja antwortet: Es zerreißt ihn in Fetzen.

Die Trauerweiden stehen dicht beieinander in Reihe, einmal um den halben Sportplatz herum. Anja arbeitet sich durch den Zweigvorhang zur zweiten Weide durch. Los, Iris, wir sind unter Wasser! Anja läuft los und Iris hinterher, die zweite Weide ist größer als die erste, sah von außen gar nicht so aus, denkt Iris. Von außen sieht man nur verwischte Schatten von Iris und Anja. Anja läuft vor. Sie sieht hellgraue Flecken an sich vorbeistreifen. Komm schon, Iris, wir schwimmen! Iris leckt am Eis und geht langsam hinter Anja her. Die hat ihr dunkelgrünes Kleid an, das draußen eben noch hellblau gewesen ist. Jetzt ist es dunkelgrün, denkt Iris und schaut an sich herunter. Ihr roter Rock ist jetzt lila! Anja hängt sich mit beiden Händen an einen hängenden Zweig, wirbelt einmal im Kreis und dann gleich noch einmal und lacht sich kaputt. Ihre Zähne leuchten weiß. Anja kann gleichzeitig lachen und am Eis lecken, denkt Iris. Anja ruft: Iris! Indischer Ozean! Sie stolpert in die vierte Weide hinein und streift dabei ihre Sandalen ab. Der Rasen ist feucht. Eine Eiskugel fällt ihr runter, aber egal. Sie läuft barfuß voraus und ruft: Iris! Mach das auch! Iris bleibt stehen und zieht ihre Halbschuhe aus, und Anja dreht die Augen nach oben und geht rückwärts durch den nächsten Algenvorhang. Anja beißt in ihre Waffel, die dritte Kugel schmeckt nach Vanille, hmm! Iris schwitzt immer noch. Ob man unter Wasser überhaupt schwitzen kann, würde sie gern wissen, aber fragt Iris das laut oder denkt sie es nur? Anja antwortet jedenfalls nicht, dreht sich um und rennt unter die nächste Weide. Durch die Wassermassen dringt hellgrünes Sonnenlicht. Anja streckt die Zunge raus und leckt an den hellen Flecken, ihre Zunge ist gelb. Iris streckt ihre eigene Zunge raus und macht es Anja nach. Ein Schwarm platter Fische steht unter der Baumkrone. Blinde Fische oder nicht? Anja legt den Arm um Iris' Nacken und zieht sie unter die nächste Weide. Iris leckt inzwischen am Eis, es ist violett oder rot, Erdbeere vielleicht? Anja lässt den Arm auf Iris' Nacken liegen, streckt den anderen aus, greift nach ein paar hängenden Weidenzweigen und zieht dran: Bewegung kommt in den Indischen Ozean, ein Sturm? Ein Sturm, wir müssen zurück zur Tauchstation! Anja lässt Iris los und rennt mit ausgestreckten Armen unter die nächste Weide. Bis zur Station ist es zu weit, wir müssen zu den Korallenbänken! Iris ruft: Ja, zu den Höhlen, da sind wir sicher! Anja und Iris rudern mit den Armen, die langen Zweige teilen sich, nächste Weide. Hierher!, schreit Anja und ist an den verknorpelten Weidenstamm gerannt. Iris! Komm! Aber Iris zerrt an den Zweigen. Der Ozean schwankt, eine Sturmwelle! Jetzt rennt Iris auf Anja zu: Da oben ist eine Korallenhöhle, schnell da rein! Sie faltet die Hände, Anja steigt drauf, ihr Fuß ist dreckig und feucht, sie zieht sich hoch und tastet in die Astgabel. Iris, komm! Dieser Sturm wird uns umbringen! Iris greift nach Anjas ausgestreckter Hand und zieht sich hoch. Ah, die Korallen schneiden mir ins Fleisch, schreit sie und hat sich den

Knöchel an der Rinde geschrammt. Jetzt sitzen beide oben. Das Korallenriff leuchtet rot und blau und schneeweiß. Iris atmet auf: Wir sind in Sicherheit. Der Sturm wird bald vorbei sein. Sie leckt ihr Eis. Doch, Erdbeereis. Aber Anja reißt die Augen auf und schaut in die Baumkrone. Sie sieht helle Lichtfäden. Ein Hai, in dieser Höhle wohnt ein Hai, Iris, schnell weg hier! Anja fliegt schon und kommt auf allen vieren auf dem Rasen auf. Sie hebt die Hand mit der Waffel und lacht: Scheiße, der Hai hat mein Eis geholt! Die Kugel liegt einen Meter weiter im Gras. Iris kreischt auf, springt, fliegt und landet neben Anja. Ihr Eis hat er nicht gekriegt! Anja dreht die Augen wieder nach oben, bis Iris fast nur Weißes sieht. Da, hinter dir! Der Hai! Iris schreit: Der Hai, der Hai! Anja und Iris rudern mit den Armen, schnappen nach Luft, rennen und rennen und landen irgendwann auf der Wiese direkt hinter der Weitsprunggrube. Anja stolpert in die Grube und lässt sich fallen. Gerettet. Indien, Indien.

Anja und Iris nebeneinander. Anja auf dem Rücken und Iris auf dem Bauch. Sie graben mit den Zehen im warmen Sand und hören der Stimme des Chemielehrers zu, der die Sieger des Seifenkistenrennens bekannt gibt. Danach setzt die Schulband ein. Anja bemerkt nicht, wie Iris den Kopf hebt und gegen die Sonne blinzelt, wie sie ihn dann in eine Hand stützt und Anja anschaut.

Zur selben Zeit sitzen Anjas Eltern und Iris' Eltern auf Bänken am Sportplatzrand. Anjas Vater und Iris' Mutter trinken Pils, Iris' Vater beißt in eine Bratwurst und Anjas Mutter kramt in der Handtasche nach der Polaroidkamera, aber keiner von ihnen spielt in dieser Geschichte eine Rolle. Für Iris' Eltern ist sie nicht einmal wichtig. Für Anjas Eltern wird alles wichtig sein, woran sie sich erinnern. Anja wird sich gar nicht erinnern. Iris sich schon. Trotzdem sind die Eltern die ganze Zeit da, schicken Anja und Iris in die Musikschule, begleiten Anja zum Augenarzt oder Iris zur Bücherei, rufen sie zum Essen, schicken sie ungefähr zur gleichen Uhrzeit in die Betten oder sitzen einfach nur da und sind anwesend, so wie jetzt. Eben wirft Iris' Mutter den Kopf nach hinten und lacht auf, weil die Schulband Elvis Presley nachspielt. Iris sieht es nicht, weil sie mit dem Rücken zu ihnen auf der Tanzfläche steht, aber sie wirft ebenfalls den Kopf nach hinten, auch wegen Elvis Presley: O Mann Anja, die spielen hier nur so alte Sachen, kein Wunder, dass keiner tanzt. Anja zuckt die Schultern und fasst Iris an den Armen: Los, wir tanzen trotzdem. Wie denn, fragt Iris. Wir hören einfach nicht hin!, ruft Anja, lässt Iris los und springt mit beiden Beinen in die Luft.

Genau jetzt schießt Anjas Mutter ein Bild: (Danach legt sie das Polaroid neben sich auf die Holzbank und verpasst deshalb den Nebel auf dem Fotopapier und dann die dunkler werdenden Silhouetten von Anja und Iris. Iris sieht Anja an. Anja fliegt. Im rechten Bildrand weit hinter Iris und Anja sitzt Mende auf einer Bank und lächelt direkt aus dem Bild heraus.) Klick.

Iris bleibt still stehen, sieht Anja springen und fliegen und wieder aufkommen und im Kreis wirbeln. Iris hält sich die Ohren zu. Sie hört leise Elvis und laut ihr eigenes Blut. Anja hält sich ein Mikrofon aus Luft an die Lippen und singt: »Du spieltest Cello, in jedem Saal in unsrer Gegend, ich saß immer in der ersten Reihe, und ich fand dich so ERREGEND.« Iris ruft: Das ist nicht Elvis! Anja kichert und ruft zurück: Klar bin ich nicht Elvis! Iris, spring! Und Iris springt mit. Mende sieht von weitem zu, trinkt Kaffee aus dem Getränkeautomat und denkt: Sie sehen aus wie junge Störche kurz vorm Absprung. Obwohl das heißen würde, jemand springt von oben nach unten und fliegt also nicht, sondern fällt. Mende denkt trotzdem: Wie kurz vorm Absprung.

Manchmal hat Mende keine Lust zu proben. Er steht dann nach der Aufwärmetüde auf und will eigentlich zu Anja gehen, die den Bogen wieder in die falsche Richtung streicht. Sie kann ja nicht sehen, wie die Anderen streichen, aber klingen tut es doch anders, als es soll. Es klingt so falsch herum, hört sie das nicht? Mende will also eigentlich zu Anja, dreht sich vom Klavier weg und steht auf.

Aber wenn er direkt vor ihr steht, hat er plötzlich keine Lust mehr auf Musik, oder er hat keine Lust auf die Streichergruppenmusik. Fast immer spielt eins der Mädchen unsauber, fast immer klingt es schwerfällig. Mende bleibt dann unmittelbar vor Anja stehen, die seine Schritte gehört hat und nicht weiß, was jetzt kommt. Anjas Gesicht glüht. Dann hebt Mende den Kopf in Richtung Fenster und muss lächeln. Anja weiß nicht, dass er lächelt. Mende denkt: Das kann man alles vergessen.

Auf dem Fensterbrett steht die Kaffeemaschine. Mende geht haarscharf an Anja vorbei, macht die Kaffeemaschine an und das Fenster auf. Anja denkt: Was kommt jetzt? Iris schüttelt die rechte Hand aus, weil sie den Bogen wieder zu steif gehalten hat. Die Bratsche weiß schon, was jetzt kommt. Madlen nimmt ihre Geige vom Kinn. Iris starrt aus dem Fenster. Draußen ist Hochsommer. Mende und die Streichergruppe hören einen entfernten Speditionswagen im Parkmanöwer, das Knattern von Mopeds auf dem Vorplatz der Schule, eine Fahrradklingel und das Tuckern der Kaffeemaschine. Anja hört noch ein bisschen mehr. Sie hört den Atem jeder einzelnen im Raum anwesenden Person, sie hört, dass Mende aus dem Fenster heraus atmet, dass Iris sich überhaupt nicht bewegt (Anja weiß, dass Iris träumt) und dass die Bratsche sich am Kopf kratzt. Mende sitzt auf dem Fensterbrett und sagt: Das kann man vergessen, was ihr macht.

Anja dreht sich nicht zu ihm um. Geht das an mich? Bin

ich so schlecht, oder was! Mende meint aber nicht Anja, sondern seine eigenen Ohren. Er sucht nach Beispielen und ihm fällt nur Kalif Storch ein. Eigentlich sind die Mädchen zu alt für Märchen, oder zu jung, je nachdem. Aber Mende fällt nur Kalif Storch ein und er versucht zu erklären, wie der Kalif und sein Großwesir an das Pulver kamen und dass ein lateinischer Brief dabeilag, in dem das Zauberwort MUTABOR stand, und dass derjenige, der sich in das Tier seiner Wahl verwandelt hatte, um keinen Preis, um gar keinen Preis lachen dürfe, weil er sonst das Zauberwort vergessen würde, mit dem er sich wieder in seine ursprüngliche Gestalt zurückverwandeln könne. Der Kalif und sein Großwesir begaben sich zu einem Teich und fanden dort einen echten Storch ernsthaft auf- und abstelzen. Zugleich bemerkten sie einen zweiten Storch im Landeanflug. Die werden sich etwas Schönes zu erzählen haben, dachten sich die beiden Freunde und verwandelten sich mit Hilfe des Pulvers stracks in zwei große stattliche Weißstörche. Und also staksten der Kalif und sein Großwesir in die Nähe der beiden echten Vögel und vernahmen, wie die eben gelandete Störchin der zweiten erzählte, sie übe einen Tanz ein, den sie am Abend vor den Gästen ihres Vaters aufzuführen gedenke – und dann erzählt Mende, wie die eine Störchin der anderen Störchin den Tanz vormachte. Mende dreht sich zu den Mädchen um, winkelt die Arme an, hebt ein Bein und setzt es sacht wieder auf den Boden, (ein Mädchen kichert) und dann hebt er das andere und hält es eine Weile in der Musikzimmerluft (zwei Mädchen kichern) und dreht dabei den Kopf von einem Mädchen zum anderen und vor und zurück wie ein Storch beim Klappern (drei Mädchen kichern), Mende ist seine eigene Störchin und die Geigen sind abwechselnd der Großwesir und der Kalif (drei Mädchen lachen lauthals) und legen ihre Instrumente zur Seite und schütteln sich vor Lachen. Außer Anja, die sonderbar lächelt, aber Mende sieht sie nicht so lächeln und erzählt schon weiter, dass der Kalif und sein Großwesir sich vor Lachen über die Störchin schüttelten und Tränen lachten, und Mende lacht auch Tränen und dann fragt er die Mädchen, wie noch mal das Zauberwort für die Rückverwandlung ging. Aber entweder hat er es den Mädchen doch nicht verraten, oder sie haben es wirklich vor Lachen vergessen, und Mende setzt sein Bein wieder zurück aufs Linoleum und wird wieder Mende, und der beugt sich zur Kaffeemaschine und gießt seinen Kaffee ein, und dann sagt Mende: Aber ich hab euch doch gesagt, wie das Zauberwort ging, oder? Laut und deutlich, stimmt's, ich hab's euch gesagt. Aber vor lauter Lachen habt ihr's vergessen. Weil es eben ein Zauberwort ist, und genau so ist das mit der Musik! In der Musik sollt ihr alles vergessen. Alles. Versteht ihr? MUTABOR! MUSIK! MUTABOR!

Ungefähr so hat er das gemacht, Anja. Anja? Iris steht vor ihr, flattert mit den angewinkelten Armen und hat ein Bein hochgezogen, das andere steht steif im Gras. Anja liegt auf dem Rücken und hat seit der Musikschule noch nichts gesagt. Sie starrt geradeaus. Die Sonne brennt ihr im Gesicht. In Anjas Augen brennt sie kaum, obwohl sie direkt hineinstarrt. Trotzdem tränen sie. Anja sieht Weiß und sonst nichts. Scheiß Mende, denkt Anja. Scheiß Mende. Scheiß Storch. Scheiß Geigenscheiß. Scheiß Scheiß Scheiß.

Anja! Iris steht immer noch auf einem Bein. Du wolltest doch wissen, wie Mende den Storch gemacht hat, jetzt fass doch mal an! Anja blinzelt und stützt einen Ellenbogen auf, dann den anderen, jetzt sitzt sie. Sie streckt den Arm aus und trifft Iris' Knie. Iris hält trotzdem das Gleichgewicht, gerade noch so. Anja streckt den anderen Arm aus und schlägt in die Luft. Daneben. Iris sagt: Mensch Anja. Anja sagt nichts. Sie zieht die Nase hoch und wischt sich mit dem Handgelenk über die Augen. Dann hockt sie sich vor Iris hin und streckt beide Hände aus. Anja fühlt Iris' linken Fuß auf dem trockenen Gras, ihr linkes Schienbein mit dem weichen Flaum, ihr Knie und ihren rechten Fuß, der daneben in der Luft hängt und ein bisschen wackelt. Anja tastet sich am rechten Bein nach oben. Iris hat ihren Po möglichst albern nach hinten rausgestreckt und ihr rechtes Knie auf Beckenhöhe eingeknickt. Jetzt ist Anja bei Iris' Armen angelangt, das T-Shirt unter ihren Achseln ist feucht und Iris flattert leicht mit den angewinkelten Armen, als Anja drüberfährt. So hat er gemacht, siehst du, Anja? (Iris sagt wirklich: Siehst du?) Iris kichert. Anja muss lächeln. Anja tastet sich bis zu Iris' Hals hoch, also streckt Iris ihren Hals und dreht ihn langsam nach allen Seiten und vor und zurück. Anja grinst. Jetzt liegt ihre Hand auf Iris' Gesicht. Iris sieht zwischen Anjas Fingern durch auf Anja, die fragt: Mit dem Gesicht hat er nichts gemacht? Das soll ein Storch sein? Iris überlegt. Sie spitzt den Mund, hebt die Augenbrauen und klappt die Wimpern auf und zu. Anja reißt die Augen auf und lacht: Du Vogel! Das hat er nicht gemacht! Anja boxt Iris leicht in den Bauch. Nicht daneben. Iris lacht auf und verliert endlich das Gleichgewicht.

Anja und Iris also im Gras am Kanalufer. Direkt über ihnen liegt ein Bussard auf einer warmen Luftschicht und betrachtet Anja, Iris und sämtliche Schlupflöcher der kleineren Tiere im Umfeld. Iris schaut zurück, Anja natürlich nicht. Hinter beiden liegt die letzte Schulwoche vor den Sommerferien und auch die letzte Probe. Sonnabend also. An diesem Tag brechen die Zigeuner ihr Lager hinter dem Waldstück ab. Männer rufen sich etwas zu. Autos werden ausgeparkt. Bei einem knallt der Auspuff, beim andern sind die Scheiben heruntergekurbelt und das Radio auf volle Lautstärke gedreht. Dann noch vier Wohnwagen im ersten Gang und sechs ältere Mädchen, die allen im Weg stehen, weil sie auf ein paar Jungs aus dem Ort warten, die sich von ihnen verabschieden werden. Ein schneeweißer Hund mit roten Augen und drei Beinen trinkt vom dreckigen Grabenwasser. Dann läuft er auf das Auto mit den heruntergekurbelten Scheiben zu und bellt den Fahrer an. Iris und Anja sehen nichts davon, aber der Lärm dringt durch den Wald und kommt gedämpft am Kanalufer an. Im Wasser schwimmen zwei große schwarze Fische auf der Stelle, aber Anja und Iris sehen auch die nicht und liegen, inzwischen mit geschlossenen Augen, auf dem Rücken. Iris sagt: Die Zigeuner sind fünf Monate geblieben. Anja sagt nichts, setzt sich auf und zieht ihr T-Shirt aus. Iris blinzelt und dreht ihr den Kopf zu. Anja mit sperrangelweiten Augen in Richtung Sonne. Ihre Arme hinter dem Kopf verschränkt. Warum willst du überhaupt braun werden?, fragt Iris.

Anja: Damit ich angeguckt werde und jeder mich schön findet.

Iris: Aber das kriegst du ja gar nicht mit, du bist doch blind.

In den jetzt folgenden dreißig Minuten bewegt sich Iris überhaupt nicht und Anja sehr viel. Iris sieht, wie Anja sich mit einem Ruck aufsetzt und dann langsam, sehr langsam den Kopf wegdreht (Anja hört, wie Iris in ihre Richtung atmet. Macht sie noch was? Lachen, heulen, irgendwas! Irgendeine Bemerkung, dass das jetzt gerade ein beschissener Witz war, keine Ahnung! Aber Iris atmet nur. Iris macht: überhaupt nichts.), und dann sieht Iris, wie

Anja nach ihren Sandalen tastet, mit einem zweiten Ruck aufsteht, sich das T-Shirt wieder überzieht, den Cellokasten mit einem dritten Ruck auf den Rücken hievt, und wie sie sich umdreht und geht. Anja von hinten mit dem Cellokasten auf dem Rücken, sie stolpert, als sie vom Damm auf den Weg kommt, bleibt kurz stehen und geht dann in Richtung Schrebergärten, Anja geht kerzengrade und mit ausgestrecktem rechten Arm. Ihre Hand rattert an den Lattenzäunen entlang, achter Garten, siebenter Garten, sechster Garten, sie dreht sich nicht um, vierter Garten, Anja läuft irgendwie ruckartig und Iris macht immer noch: nichts. Iris sieht Anjas kleiner werdenden Cellokasten bis zur Kurve hinter dem ersten Schrebergarten zu. Und dann ist sie weg. In Iris' Ohren rauscht der Kanal.

In Mendes Ohren rauscht der Winter, dabei ist es erst Anfang August. Auf der Kreuzung vorm Haus stecken Urlauber auf dem Nachhauseweg im Verkehr fest. Die Autoscheiben sind heruntergelassen und die Radios auf volle Lautstärke gedreht. Ab und zu dröhnt ein Motorrad auf dem Mittelstreifen vorbei, klingelt ein Bofrost-Mann im angrenzenden Block oder lacht jemand laut auf. Aber Mende hat die Fenster zugemacht, sitzt am Klavier, spielt die Winterreise und schaut auf seine Hände (sieben neue Altersflecken). Mende singt leise mit: »Mein Herz, in diesem Bache, erkennst du nun dein Bild? Ob's unter seiner Rinde, ob's unter seiner Rinde wohl auch so reißend schwillt?« Dann bricht er ab, streckt sich und geht zum Fernseher. Kurz bevor das Bild aufscheint, sieht Mende sich selbst beim Warten zu. Mende beim Warten auf das Bild, Mende beim Warten darauf, dass etwas passiert. Mende mit frisch rasiertem Kinn im dunkelgrünen Glas. Mende im gebügelten Hemd, obwohl Ferien sind und er sowieso niemanden trifft, mal abgesehen von seinem eigenen Spiegelbild. So sieht's aus, murmelt Mende, so sieht's doch aus.

Dann kommt das Bild. Gücksrad. Jemand aus Göttingen kauft den Buchstaben A und Maren Giltzer dreht vier Leuchtwürfel um. Mende denkt an seine Streichermädchen. Viola. Madlen. Iris. Anja. Anja mit den schiefen Augen. Mende weiß nie, welches von Anjas Augen ihn eigentlich ansieht. Dabei sieht Anja ihn ja gar nicht an. Anja mit dem Vibrato. Anja und Iris wie Störche beim Absprung. (Mende denkt schon wieder: wie beim Absprung.) Danach denkt Mende für eine Weile an gar nichts. Der gesuchte Begriff ist noch unlesbar.

Das Telefon klingelt. Iris nimmt ab.

Anja: Warum rufst du nicht an?

Iris: –

Anja: Warum kommst du nicht vorbei?

Iris: –

Anja: Tu nicht so, als ob ich nicht weiß, was schön aussieht.

Iris: –

Anja: Tu nie wieder so, als ob ich das nicht wüsste!

Iris: –

Anja: Ich seh genauso gut wie du!

Iris: –

Anja: Eigentlich!

Iris: –

Anja: Und du! Läufst eigentlich immer an meiner Hand! Nicht ich an deiner.

Iris: –

Anja: Nicht ich an deiner, kapierst du das.

Iris: – Mensch…

Anja: Kapierst du das!

Iris: Mensch Anja. Komm mal mit raus, ich muss dir was zeigen.

Sonntag, zehnter August, drückende Hitze. Anja steht vor dem Hoftor. Drei Vorgärten weiter sprengt jemand den Rasen. Auf der gegenüberliegenden Straßenseite bellt ein Schäferhund mechanisch die Schwalben an, die auf Kopfhöhe durch die Höfe und über die leere Teerstraße zischen. Anjas Füße in ihren Sandalen sind staubig und schwitzen. Dann hört sie das Fahrrad. Es rattert über den heißen Teer direkt auf sie zu. Unmittelbar vor Anjas ausgestreckten Händen bremst Iris.

Iris, wow! Woher hast du das? Anja steht vor dem Rad und greift mit beiden Händen nach dem Lenker. Sie reißt die Augen auf und zieht sich ganz nah an die Lenkstange heran. Vor ihren Augen schimmert es hellgrau. Anja: Kann ich mal fahren? Iris: Wie jetzt?

Und dann sitzt Iris trotzdem vorn auf dem Rad und Anja auf dem Gepäckträger. Beide hören Wind aufkommen, das Knacken der Gangschaltung auf der leeren Teerstraße und das vom Gepäckträger unter Anjas Gewicht. Und dann kommen Anja und Iris die Straße herunter, Iris fährt und Anja hält sich an ihr fest, und Iris' hofft, dass das nie aufhört, niemals! Und dann kommt noch mehr Wind, weil Iris schneller fährt und weil Anja den Kopf an Iris' Rücken vorbeischiebt und in Fahrtrichtung die Augen aufreißt, so dass sie das Vorbeischrammen der Luft auf ihren Augen fühlen kann. Von hinter dem Kanal hört Anja ein erstes Grollen, aber Iris hört noch nichts. Iris hört den Fahrtwind und die Klingel und Anja macht hinter Iris den Mund auf und holt Luft und dann gleich noch mal und dann lacht sie auf und holt noch mal Luft (wie eine Taucherin beim Hochkommen, findet Iris), bis ihr eine erste Böe in den Mund fährt. Das fühlt sich an wie Ersticken, aber besser!, ruft Anja und beiden pfeift der Fahrtwind in den Ohren. Und dann kann Iris nicht mehr und rollt aus und klingelt noch mal und Anja hört die Drehungen der Metallflügel im Windkraftfeld weit hinten, sie hört, wie links über ihr eine tief hängende Stromleitung surrt und dass Iris immer noch ausrollt, und rechts neben sich hört Anja ein schweres Flügelschlagen und ruft: Iris! Pass auf, rechts! Iris bremst und sieht gerade noch den Reiher auffliegen, der im Graben an der Straße gestanden haben muss. Jetzt fliegt er direkt über Anjas und Iris' Köpfe hinweg und verschwindet schwerfällig aus Anjas Hörfeld. Iris steigt vom Rad und strahlt sie an. Und ganz kurz denkt Iris, dass Anja sie auch ansieht. Ebenso kurz denkt Anja, dass Iris in die gleiche Richtung schaut wie sie, nämlich nach vorn, wo das Gewitter herkommt. Als Anja die ersten schweren Tropfen auf dem Teer aufplatzen hört, sagt sie: Jetzt ich.

Anja, echt!, protestiert Iris und macht den Mund sofort wieder zu, weil Anja mit einem Ruck den Lenker greift und den Fuß auf die Pedale knallt. (Ich bin nicht blind.) Iris lässt den Lenker los. Anja: Du guckst, ich fahre. Iris: – Ja.

Genau jetzt geht der Regen richtig los. Und weil Regenwasser auf Teer grundsätzlich anders auftrifft als auf den Sträuchern daneben, und dort anders als im Graben, und dort wieder anders als auf dem Maisfeld und dem Waldstück im hinteren Bereich von Anjas Hörfeld, und anders als auf dem Ortseingangsschild und den Metallstreben der ersten Zäune und den Hecken und Gehwegplatten, weil der Regen also auf jeder Oberfläche anders auftrifft, weiß Anja genau, wo sie langfahren muss, und radelt in aller Ruhe in den Ort zurück, um die Hauptstraßenkurve und direkt bis zur Bushaltestelle, wo sie bremst, absteigt und endlich auf Iris wartet, die die ganze Zeit fassungslos, klatschnass und außer Atem hinter ihrem Rad hergerannt ist.

Iris und Anja nebeneinander auf den Sitzschalen in der Bushaltestelle. Iris sieht: Aufgeklebte schwarze Vögel auf der Scheibe, Regenschlieren und den letzten Blitz. Anja hört: Donnergrollen, eine entfernte Sirene und wie das Regenwasser von der Straße runterläuft. Iris: Seit wann kannst du fahren? Anja: Ach, schon ewig. Aber nur im Regen.

Ab jetzt hört der Regen nicht mehr auf. Mende weiß das noch nicht, macht die Haustür auf und steht draußen. Es gießt in Strömen. Auf der Verkehrsinsel in der Mitte der Kreuzung steht ein weißer, dreibeiniger Hund wie vom Himmel gestürzt und bellt den Verkehr an. Mende hört ihn nicht, zieht seinen Parka bis zum Kinn hoch und läuft die sechshundert Meter zur Schule. Es ist der erste Tag im neuen Schuljahr. Neues Spiel, neues Glück. Mende fragt sich: Glück? Seine Hose klebt noch bis zur vierten Stunde an seinen Beinen, die Schuhe bleiben nass und schmatzen beim über die Gänge Laufen. Vier Lehrer sind krank geschrieben, Mende bekommt Vertretungsstunden. Im Lehrerzimmer wird geschwiegen, keiner hat Lust, vom Sommerurlaub zu erzählen, Mende sowieso nicht. Der Kopierer ist ständig besetzt und über den Stühlen trocknen nasse Mäntel. In jeder großen Pause geht er zum Getränkeautomaten und holt sich schwarzen Kaffee gegen die Kälte in den Füßen. Die Schüler sind braungebrannt und übersehen Mende. Regen prescht an die dünnen Scheiben im Musikzimmer. Das ist der Montag, denkt Mende …

… danach kommt Dienstag, Mittwoch, Donnerstag und Freitag. Aber am Sonnabend kommt die Streichergruppe, und darauf freut er sich dann doch. Viermal begegnet er Viola, Madlen oder Iris beim Zimmerwechsel, doch die sind anders als sonnabends. Sie haben ihre Rucksäcke über einer Schulter hängen und übersehen ihn einfach. Einmal steht Iris vor dem Getränkeautomat. Sie dreht sich plötzlich um und schaut Mende direkt ins Gesicht. Mende versucht ein verschwörerisches Lächeln. Iris nickt, grüßt (Morgen, Herr Mende) und lässt ihn einfach stehen. Als wäre er unsichtbar. Mende beißt sich auf die Unterlippe. Reicht mittelmäßiger Streichergruppenunterricht aus, um unsichtbar zu sein? Mende findet nicht! (Iris findet gar nichts. Iris hat Mende schon vergessen. Sie denkt an Anja und dass sie heute bestimmt radfahren will, weil es regnet.) Danach denkt Mende auch an Anja. Dabei unterscheidet sich Anja nicht von den anderen Mädchen, denkt er weiter. Geht bloß auf eine Sonderschule, das ist alles. Muss die Braillenoten auswendig lernen, weil sie im Spiel mit den Händen nicht rankommt. Kann das beste Vibrato. Ist eben einfach nicht hier.

Der Regen hält an, Mende geht trotzdem jeden Tag zu Fuß und steht dann aufgeweicht vor den Klassen. Mit der Achten nimmt Mende die Winterreise durch. Er erzählt ihnen, dass Schubert das 13. von 16 Kindern war und dass außer ihm nur vier andere groß geworden sind. Die Achte reagiert nicht. Aber eigentlich hat das auch gar nichts mit

Musik zu tun, sagt Mende laut und geht zum Lehrstoff über. Zyklus von 24 Liedern für Singstimme und Klavier, den Franz Schubert im Herbst 1827, ein Jahr vor seinem Tod, vollendete. Vollständiger Titel: Winterreise. Ein Cyclus von Liedern, Cyclus mit zweimal C und einem Y, ein Cyclus von Liedern von Wilhelm Müller. Für eine Singstimme mit Begleitung des Pianoforte komponiert von Franz Schubert. Lernstoff, bitte schreiben Sie sich das in die Hefter. Mende steht links neben dem Lehrertisch, fühlt seine Schläfen pochen und denkt: Mein rechter rechter Platz ist leer, ich wünsche mir die Anja her.

Abends sitzt Mende vor dem Fernseher und sucht Kriminalfilme. Ins Programm schaut er nicht, weil er auf Glückstreffer hofft. Mende will Leichen sehen, echtes Fernsehblut und Hämatome, Tränen der Hinterbliebenen und zweifelsfrei Schuldige kurz vor dem Abspann. Raus geht er nicht. Zu nass. (Mende findet sich humorlos.) Kurz vor Mitternacht setzt er sich manchmal noch ans Klavier. Schubert schon wieder, jemand anderes kommt nicht in Frage. Mende schaut auf seine Hände. Im Vorspiel nähert sich die rechte Hand der linken (drei neue Altersflecken). Draußen bellt ein Hund, den Mende aber nicht hört. Wieso aber die Winterreise mitten in der ersten Septemberwoche? Mende schiebt es auf den Lehrplan. Es ist 00:05 Uhr, er spielt d-Moll und singt aus vollem Hals: »Fremd bin ich eingezogen, fremd zieh ich wieder aus. Der Mai war mir gewogen, mit manchem Blumenstrauß.«

Sechster September, endlich Sonnabend. Neues Spiel, neues Glück, denkt Mende und reißt die Haustür auf. Es regnet nur noch wie aus Sprühdosen und das Wasser setzt fast geräuschlos auf dem Teich auf, der zwischen Montag und Freitag auf der Kreuzung vor Mendes Wohnblock entstanden ist. Fast ebenso geräuscharm, aber überraschend schnell schiebt sich der Verkehr um die Verkehrsinsel herum, alle Reifen zur Hälfte im brackigen Wasser. Manchmal schwimmt Papier vorbei. Am Straßenrand steht ein dreckiger weißer Hund bis zum Bauch im Wasser und schweigt. Es ist dreiviertel eins und Mende hat ihn nicht bemerkt. Er läuft los.

Zur selben Zeit legen Anja und Iris einen Zwischenstopp auf der Kanalbrücke ein. Anja mit Cello, Iris mit Geige. Iris auf dem Sattel, Anja hinten drauf. Das Kanalwasser steht bis knapp unter dem Brückenbogen. Iris' Geigenkasten schwankt, als sie sich über das Geländer beugt und ins Wasser spuckt. Anja stutzt, rutscht vom Gepäckträger und beugt sich so weit über das Geländer, dass sie gerade noch ihr Gleichgewicht halten kann. Sie lauscht der Strömung. Hochwasser? Iris: Man müsste einfach auf Tauchgang gehen. Richtig mit Sauerstoffflasche und so. Anja: – (Anja hört das Kanalwasser.) Iris: Scheiß Geige, ich hasse die. Anja: – (Anja hört den Sprühregen auf der Wasseroberfläche.) Iris: Scheiß Geige. In zehn Minuten fängt Mende an. Anja: – (Anja hört den Indischen Ozean, indische Piranhas, messerscharfe Korallenriffe bei Flut.)

Was jetzt kommt, hat offiziell nichts mit dem Ausgang dieser Geschichte zu tun. Trotzdem wird Iris denken, dass Mende an allem schuld ist. Im Moment denkt Iris gar nichts, beißt die Zähne zusammen und konzentriert sich auf ihr Staccato. Die Streichergruppe hat die Aufwärmübungen hinter sich: E-Dur-Tonleiter, e-Moll-Tonleiter, eine Etüde für den Wechsel von der ersten in die dritte Lage und umgekehrt. Mende hat die Noten für das neue Stück schon vor den Sommerferien ausgeteilt, vor allem wegen Anja, damit sie es schon mal abtasten kann. Es ist ein Lied aus der Winterreise. In einer Bearbeitung für Streicher auf Mittelstufenniveau, also genau richtig für die Mädchen. Und interessanterweise soll Anja auf dem Cello den ursprünglichen Gesangspart übernehmen, während die anderen Streicher und das Klavier sie begleiten. Aber in dieser ersten Stunde nach den Sommerferien ist Anja… Mende stutzt. Sie ist überhaupt nicht da! Sie sitzt auf ihrem Stuhl und spielte ihre Noten vor sich hin, aber das ist doch keine Musik, Anja SPIELT sie bloß, und mehr nicht. Sie starrt die ganze Zeit zum Fenster, wo der Regen die Scheiben hinunterläuft. Dabei kann sie das gar nicht sehen. Blind, wie sie ist. Zu Mende sieht sie jedenfalls nicht. Kein einziges Mal.

Die Streichergruppe arbeitet sich gerade durch das Staccato auf der ersten Seite, als Mende plötzlich mitten im Ton abbricht.

Alle sehen zu Mende, aber Mende sagt noch nichts und dreht sich auch nicht um. Mende lässt seine Hände einfach auf dem eben gespielten Akkord liegen. Er löst den Fuß vom Pedal. Der Akkord bricht ab. Er starrt auf seine Hände. Und weil Mende das tut, starrt Iris auch auf seine Hände. Die zweite Geige und die Bratsche können nur Mendes Rücken sehen. Anja dreht den Kopf. Alle warten. Und dann hört Mende sich sagen:

Das glaub ich einfach nicht. Ich glaub das nicht! Ihr seht doch die Noten klar und deutlich vor euch, und du, Anja, du hast doch wohl alles schon abgetastet, oder nicht? Aber man könnte denken, ihr seid alle so blind wie Anja. Alle. Ich glaub das einfach nicht! Tut ihr nur so oder wollt ihr das nicht sehen? Wollt ihr nicht sehen, dass ihr nichts anderes als der Wanderer seid, und sein Herzschlag, das muss man doch hören, dass die Begleitachtel einfach nur sein Herz sind, das merkt man doch, wenn man selber eins hat, um Himmels Willen. Und »mit harter, starrer Rinde hast du dich überdeckt, liegst kalt und unbeweglich im Sande ausgestreckt«, ist euch das überhaupt klar! Das Staccato ist die zugefrorene Rinde, aber ihr seid ja alle selber zugefroren, alle sind zugefroren, habt ihr denn keine Augen im Kopf, wisst ihr denn nicht, was ihr hier eigentlich spielt, SEID IHR DENN WIRKLICH SO BLIND!

Das war's. Keiner sagt was. Mende auch nicht mehr. Die Bratsche und die zweite Geige starren auf Mendes Nacken. Hat er das wirklich gesagt? Iris hält immer noch die

Geige ans Kinn. Mende starrt weiter auf seine Finger. Iris auch. Dann schüttelt er den Kopf, als habe er eigentlich überhaupt nichts gesagt, was nicht stimmt. Er drückt den Rücken durch und spielt an genau der Stelle weiter, wo er gerade aufgehört hat. Hinter ihm wird ein Stuhl weggeschoben. Abgesehen davon hört Mende nur sich und das Ende vom letzten Winterreiselied in e-Moll, mit dem er das Stück einleitet. Mende hört nicht, wie Anja aufsteht, das Cello an den Stuhl lehnt, den Bogen entspannt, beides in den Kasten unter dem Fensterbrett legt, Anjas Stolperschritte quer durch den Raum hört Mende auch nicht, Mende spielt e-Moll, bis Anja die Klinke gefunden hat. Sie drückt sie runter und sagt deutlich: Wiedersehen. Mende dreht den Kopf. Anja nicht. Anja macht einen Schritt durch die Tür und ist draußen. Mende hebt beide Hände und dreht sich zu seinen Streicherinnen um. Alle, die noch da sind, schauen Mende ins Gesicht.

An den Fahrradständern holt Iris sie ein. Anja hockt vor dem neuem Rad und betastet das Schloss. Als sie Iris' Hand auf ihrem Rücken fühlt, dreht sie sich nicht um. Hilf mir mal beim Aufschließen, murmelt sie. Ich fahr schon vor.

Iris: Aber du kannst jetzt nicht einfach los! Anja bekommt endlich das Schloss auf, zieht das Rad aus dem Ständer und sagt: Wenn es regnet, kann ich so gut losfahren wie du. Iris: Aber du bist doch trotzdem blind!

Anja dreht mit einem Ruck den Kopf zur Seite. Anja hört genau hin, ob Iris noch etwas sagt, und sagt selber:

nichts. (Ich bin nicht blind.) Dann lässt sie das Rad fallen. Es knallt mit Wucht auf die Betonplatten. Sie hört noch das Drehen der Speichen in der Sprühregenluft, als sie die Hand schon nach dem Metallzaun vor der Schule ausstreckt. Anja weiß schon ungefähr, kein Problem! Ihre Hand rattert an den Eisenstreben entlang. Dann an der ersten Hausmauer. Gleich kommt der Supermarkt mit dem leuchtenden Eingangsschild. Dann zwei Seitenstraßen und auf der Kreuzung rechts ins Sportzentrum rein, danach kommt sie leicht nach Hause. Anja stolpert und rennt weiter. Iris bleibt zurück. Sie steht stocksteif bei den Fahrrädern, als Mende mit dem Cellokasten in der Hand endlich den Schulhof erreicht und an ihr vorbeisprintet. Mende ruft: Anja! Aber Anja ist schon zu weit weg. Mende denkt: Meine Schuld! Meine Schuld! Iris denkt: Mendes Schuld. Nicht meine.

Jetzt ist Anja an der Kreuzung angekommen. Weil sie die Fußgängerampel nicht findet, schlägt sie die Abkürzung quer über die Straße ein, es ist ja kaum Verkehr. Nach vier schnellen Schritten bleibt sie stehen und hört einen Wagen durchs Wasser fahren. Überall Wasser. Mitten auf der Kreuzung. Ziemlich tief. Warum merkt sie erst jetzt, dass sie bis zu den Knöcheln drin steht? Keine Ahnung, denkt Anja. Dann denkt sie an Mende. Anja hört: Aber man könnte denken, ihr seid alle so blind wie Anja. SEID IHR DENN WIRKLICH SO BLIND? Wie Mende hinter ihr herruft, hört sie nicht.

Die Kreuzung ist ein großer flacher Kanal mit leichter Strömung. Autos kreuzen Anjas Weg wie große, wilde, leise schnurrende Tiere, aber sie ist ein bisschen von der Richtung abgekommen und das Wasser schluckt das Geräusch ihrer Schuhe auf der Straße. Um sie herum ist überhaupt nichts anderes als Wasser, sogar der Regen hat aufgehört. Viel zu still hier, denkt Anja, aber egal, ich bin doch nicht blind! Es ist aber wirklich viel zu still und daher unmöglich zu verstehen, wie das Heck dieses Autos, das sie plötzlich ertastet, in ihren Weg geraten ist. Anja bleibt stehen und hört Wasser glucksen. Hinter ihr schiebt sich ein Bus mit summendem Motor und nassen Reifen um die Verkehrsinsel herum. Wie ein Buckelwal, findet Anja und entscheidet, sich einfach so lange hinter der Parkreihe entlangzutasten, bis der Weg zum Sportzentrum kommt.

Die Oberfläche der Autos ist warm und rutschig. Manche stehen weit auseinander. Anja denkt an Iris und ihre dicken Fische im Kanal, die immer auf gleicher Höhe gegen die Strömung schwimmen, angeblich. Im selben Moment hört Anja das Patschen in der Parklücke. Der Hund muss direkt vor sie gesprungen sein. Anja hört ihn tief und hohl bellen und ihr eigenes Blut in den Ohren rauschen. Anja springt weg. Der Hund bellt direkt in ihrem Rücken.

Es handelt sich um einen Wagen der Speditionsfirma DRIVE ’N’ FLY und drin sitzt ein Mittvierziger, dessen Ältester im Sommer durch die Realschulprüfung geflogen ist, aber das hat mit dieser Geschichte nichts zu tun. Was macht dieser Hund hier, der hat ja nur drei Beine, denkt der Fahrer, drei Beine hat er und war bestimmt mal weiß, vielleicht sogar schneeweiß? Mein Hund, der hat drei Ecken, drei Ecken hat mein Hund, singt er, und beim Ausparken spürt er keinen Widerstand, weshalb er seine Vollbremsung erst macht, als der rechte Hinterreifen über ein Hindernis gefahren zu sein scheint, einmal und dann gleich noch mal. Hab ich jetzt den Hund erwischt?, fragt er sich. Nichts zu sehen. Bei der Überschwemmung.

Mende hält immer noch Anjas Cellokasten in der Hand, er steht auf der Mitte der Kreuzung einem Stadtbus im Weg und sieht keinen Hund. Mende sieht nur, dass Anja mit einem Satz von der Parklücke wegspringt und mit Gesicht und Brust frontal an das Heck eines gerade ausparkenden Kleintransporters knallt. Mende sieht weiter, dass Anja ein Stück durch die Luft fliegt, auf der Wasseroberfläche auftrifft, und im nächsten Moment sieht Mende Anja überhaupt nicht mehr, weil der Wagen immer noch im Rückwärtsgang fährt. Mende denkt schon wieder, dass Anja gerade wie ein Storch ausgesehen hat. Wie beim Absprung, denkt Mende und merkt nicht, dass Anja gar nicht so ausgesehen hat.

Damit ist eigentlich alles erzählt, was Anja betrifft. Alles, was danach passiert, gehört schon nicht mehr zur Geschichte:

Dreizehnter September, am ersten Sonnabend ohne Anja fehlt auch Iris. Dabei wollte sie kommen, weil man doch was machen muss, denkt Iris noch bei den Schrebergärten, weil man was machen muss, das Anja gut findet. Fand! Aber als sie auf der Kanalbrücke anhält, sich am Eisengeländer festhält und weit vorbeugt, um wieder die Fische zu sehen, rutscht ihr der Geigenkasten vom Lenker und zwischen den Geländerstangen durch, fliegt im Sturzflug auf den Kanal zu und knallt ins Wasser. Wie ein schwarzer, plumper Vogel auf der Jagd, schießt es ihr durch den Kopf. Dann lässt sie das Fahrrad fallen, rennt runter ans Ufer und durch das Gebüsch ihrem Geigenkasten nach, der mit der Strömung treibt. Als Iris ins Wasser springt, denkt sie kurz an Anja. Iris will aber nicht an Anja denken. Nur an die Scheißgeige, die sie im kinnhohen Wasser gerade noch erwischt. Wieder am Ufer hockt sie sich ins schlaffe Septembergras, öffnet den Kasten und legt die Geige, den Bogen und sich selbst zum Trocknen in die blasse Sonne. Iris liegt auf dem Rücken. Ein schneeweißes Flugzeug fliegt einmal quer durch ihr Blickfeld. Iris denkt nicht an Anja. Iris denkt an Indien und heult. (Als der Bogen getrocknet ist, bricht die Pferdehaarbespannung einfach in der Mitte durch. Die Geige braucht eine ganze Woche zum Trocknen, klingt danach aber viel besser als vorher.)

Mende heult nicht. Mende läuft jeden Tag zur Schule und nachmittags wieder zurück. Sonnabends probt er mit der Streichergruppe. Die Schule liegt am Eichenhain, obwohl dort keine Eichen stehen. Vor dem Eichenhain kommt die Kreuzung. Auf der Kreuzung stehen Blumen für Anja. Mende findet Blumensträuße an Unfallorten unpassend und will jeden Tag schnell dran vorbeigehen. Aber weil Anjas Mutter an ihrem Strauß ein Polaroid befestigt hat, auf dem Iris Anja ansieht und Anja in die Luft gesprungen sein muss, jedenfalls schweben ihre Füße neben Iris auf Kniehöhe in der Luft, stehen ihre Haare nach allen Seiten ab und sind ihre Augen glücklich nach oben verdreht, weil Anja also wie festgeklebt in der Luft hängt, schaut Mende trotzdem jedes Mal hin. Mende versucht nicht zu denken: Wie Störche beim Absprung. Und auch nicht: Eine springt und eine nicht. Mende heult auch nicht. Aber jeden Morgen, wenn er Anja ansieht, sieht er auch sich selbst weit hinter ihr am Sportplatzrand sitzen und aus dem Bild herauslächeln. In der Schule trinkt er dann zwei Kannen Kaffee, bis ihm schwindlig ist.

Der Neue am Cello heißt Lars und ist erst zehn. Er hat mandelförmige graue Augen, mit denen er Mende und die Streicherinnen beobachtet. Beim Instrumente Auspacken ruft er manchmal einen Namen ins Musikzimmer: Viola? Iris? Madlen? Wenn Viola, Iris oder Madlen aufschaut, grinst er und hat gar nichts zu sagen. Madlen findet das lustig und grinst schon in der ersten Woche zurück. Viola grinst nur vage. Iris grinst nie zurück und spricht weder mit Lars noch mit Mende, wenn es sich vermeiden lässt. Mende grinst sowieso nicht und sagt auch nicht viel. Nur das Nötigste, denkt Mende, nur das Nötigste und dann wieder raus auf den Eichenhain und nach Hause.

Vor der ersten Stunde ohne Anja (und auch ohne Iris) stellt er sich mit dem Rücken zum Klavier, legt die Hände ineinander und bittet die Streichergruppe um eine, Mende sagt: Gedenkminute, während der er die Augen fest zusammenkneift und leicht schwankt. Keine der Streicherinnen macht die Augen zu. Lars schaut auf seinen Notenständer. Viola und Madlen schauen abwechselnd auf Lars und auf Mende. Der riecht nach zu viel Filterkaffee und sieht aus, als würde er gleich das Gleichgewicht verlieren. Wie besoffen, findet Madlen. Lars sieht gar nicht aus wie Anja, findet Viola. Warum auch. Danach wird das Schubertlied zum ersten Mal komplett durchgespielt. Zur Weihnachtsfeier, jetzt mal abgesehen vom verpatzten Vorspiel, können es alle in- und auswendig und ernten Applaus von Eltern in Rollkragenpullis und Regenmänteln, obwohl es sich für dieses Jahr eigentlich schon im September ausgeregnet hat.

Mond

Ein Hut, ein Stock, ein alter Mann, denke ich und laufe. Ich denke: Und vor, zurück, zur Seite, ran. Irene läuft vor mir. Von hinten sieht sie aus, als sei sie noch in der Schule. Meine große Schwester mit Dauerwelle oder so. Sie ist aber nicht in der Schule, schon lange nicht mehr. Von hinten sehe ich Irenes hellblaue Sommerhose, und ihre Fersen sehe ich auch. Die sehe ich sogar sehr gut, weil Irene Flipflops anhat. Die Hornhaut ihrer rechten Ferse hat einen Riss, er sieht ziemlich tief aus. Solche Risse hat niemand, der noch in der Schule ist. Überhaupt Hornhaut, hellgraue Hornhaut. Irene wäre gern jugendlich und in den Sommerferien. Ist sie aber nicht. Ich bin in den Sommerferien, laufe hinter Irene her und denke dabei: Und eins, und zwei, und drei, und vier, und immer so weiter. Auf ihrer rechten Potasche sitzt ein Schmetterling aus Glitzersteinen und wackelt hin und her. Und sechs. Entweder schaue ich auf diesen Schmetterling oder auf Irenes gerissene Ferse über dem klatschenden Flipflop. Und acht. Wenn ich im Takt laufe, bleibt unser Abstand immer gleich. Und zehn. Aber wenn ich mit dem linken Fuß vor, zurück, zur Seite und ran trete, wird unser Abstand größer. Dann muss ich mich beeilen, um sie wieder einzuholen.

Wenn ich hinter ihr bin, geht alles von vorn los: Und eins, und zwei. Bis zehn. Und dann denke ich: Ein Hut, ein Stock, ein alter Mann.

Irene hat keinen Hut. Ihre Dauerwelle ist ein bisschen dünn und wippt mit ihren Schritten mit. Dauerwelle sagt man aber nicht, würde Irene jetzt sagen. Man sagt Locken. Das ist höflicher. Kann ja niemand dafür, ob er mit Locken geboren ist oder nicht. Irene ist mit dünnen Haaren geboren, die jetzt vor mir in der Parkluft wippen. Ich bin auch mit dünnen Haaren geboren, aber viel später als Irene, und außerdem liegen meine Haare glatt am Kopf an. Bevor wir in den Park gehen, kämme ich sie mir manchmal. Sie werden dann magnetisch und stehen ab, so dünn sind meine Haare. Als hätten wir Wind im Badezimmer, so sieht das aus.

Einen Stock hat Irene auch nicht. Nur alte Leute haben Stöcke, auf die sie sich stützen, bis sie ganz schief stehen. Ab und zu überholen wir jemanden mit Stock. Wer mit Stock läuft, hat Zeit und schaut uns lange nach. Aber ich merke das. Manchmal drehe ich mich um und glotze zurück, aber das bringt nichts. Als wäre ich unsichtbar. Ich könnte genauso gut nicht glotzen. Meistens mache ich das auch und laufe weiter hinter Irene her. Sie ist jedenfalls nicht alt und hat auch keinen Stock. Zeit hat sie auch keine, glaube ich. Vielleicht läuft sie deswegen immer vorneweg. Ich wünsche mir, sie würde sich mal umdrehen und mich ansehen. Richtig lange. Am liebsten genau jetzt.

Vielleicht sogar die Hand nach mir ausstrecken und sagen: Na Michi, wo bleibst du denn? Aber bloß die alten Leute schauen so lange und verdrehen die grauen Köpfe. Irene ist aber nicht alt und läuft kerzengerade vor mir her. Als hätte sie einen Stock verschluckt, sagt Johnny manchmal und pufft sie in die Seite.

Johnny ist der alte Mann neben ihr. Er hat seine linke Hand in die Tasche hinter den Glitzerschmetterling geschoben. Achtundvierzig, sagt Johnny, ist noch die Blüte der Jahre, da kann noch viel passieren. Weil Irene erst fünfunddreißig ist, nennt Johnny sie blutjung, dann strahlt sie. Jetzt strahlt sie nicht, Johnny sagt ja auch nichts. Sie laufen vor mir her und schauen den schaukelnden Tretbooten auf dem Parkteich zu. Und drei, und vier. Das denke ich jedenfalls, dass sie denen zuschauen, ich sehe Johnny und Irene ja nur von hinten. Johnnys Hände sind weiß und ganz dick, obwohl Johnny gar nicht dick ist. Dick stimmt auch gar nicht, sie sind eher voll. Wie ein Schwamm unter Wasser. Der ganze Küstennebel, den Johnny nach dem Abendbrot trinkt, ist drin. Und neun, und zehn. Er sitzt direkt unter Johnnys Haut und schwankt beim Laufen ein bisschen. Vor, zurück, zur Seite, ran. Genau kann ich das nicht sehen, weil seine linke Hand in Irenes Potasche steckt und die rechte in seiner eigenen. Nur die langen Daumen schauen raus. Wenn wir im Park sind, sagt Johnny nicht viel. Zu Hause eigentlich auch nicht. Johnny träumt. Am liebsten, erklärt er nach dem

Abendbrot manchmal doch, am liebsten wäre er einer wie Johnny Depp in »Fluch der Karibik«. Ein Pirat. Pirat des 21. Jahrhunderts! Auf seinem rechten Oberarm hat er eine Tätowierung, Herz und Anker, aber sie ist ganz blau und verwaschen. Als sei sie nicht in Johnnys Haut eingeritzt, sondern würde als Abziehbild an seiner Flasche Küstennebel kleben. So von innen ans Glas geklebt, und nur wer sich die Flasche direkt vors Gesicht hält, kann es durch den Nebel hindurch sehen. Johnny sagt, sein Kumpel habe das Tätowieren nur im Knast gelernt und konnte das nicht besser, aber richtige Piraten gehen schließlich nicht ins Tattoo-Studio, also stimmt es wieder. Pirat des dritten Jahrtausends, mit Tätowierung. Wie Johnny Depp. Deswegen sollen wir auch Johnny sagen. Einmal unterbrach Irene ihn damit, dass Johnny Depp doch nur der Schauspieler ist und nicht der Pirat und dass wir ihn doch Jack nennen könnten, Jack wie Jack Sparrow, der richtige Pirat im Film. Johnny hat Irene gefragt: Irene, verarschst du mich gerade? Irene hatte ihn aber nicht verarscht, es war ja nur ein Vorschlag. Johnny hat aber noch einmal gefragt: Irene, verarschst du mich, spielst du jetzt die Kluge, spielst du die Schlaubergerin? Ich hätte auch nicht gewusst, was ich darauf antworten soll. Aber Johnny hat noch eine ganze Weile gewartet, bevor er sein Taschenmesser aus der Hosentasche holte und einmal quer über den Sofatisch ritzte: J O H N N Y. Irene hat die ganze Zeit dabei gesessen und nichts gesagt, ich auch nicht. Ich habe nur Irenes

Hand von der Tischplatte gezogen, weil Johnny schon beim zweiten N war und sie dem Ypsilon im Weg lag. Jetzt nennen wir ihn also Johnny.

Bevor Johnny aufgetaucht ist, waren Irene und ich immer zu zweit. Nicht immer, sagt Irene. Wann denn nicht, frage ich sie ab und zu. Irene schüttelt ihre Dauerwelle und winkt ab. Wann nicht, wann nicht!, ruft sie dann. Als du noch Quark im Schaufenster warst! Da war ich noch unter zwanzig und hatte jede Woche einen anderen Verehrer an der Hand. Weißt du überhaupt, was das ist, ein Verehrer? Die Tretboote auf dem Parkteich sind so hellblau wie Irenes Sommerhose. Die ganze Oberfläche des Parkteichs ist voller Tretboote. Und sieben, und acht, und neun, und zehn. Meistens sitzen ein Mann und eine Frau drin. Die Frau im zweiten Tretboot von rechts lacht und wirft den Kopf nach hinten. Ihre Haare bewegen sich im Parkwind wie meine im Badezimmer. Vor, zurück, zur Seite, ran. Der Mann schaut trotzdem nicht hin. Irene und Johnny schauen bestimmt auch nicht hin. Was ich aber nicht weiß, weil ich ihre Gesichter nicht sehe.

Johnny hat am Hinterkopf eine kahle Stelle. In seiner linken Potasche drückt sich das Taschenmesser durch. Ich hätte auch gern so eins. Damit würde ich meinen Namen auch irgendwo reinschnitzen. Richtig tief. Aber wie würde ich mich dann nennen?

Johnny dreht den Kopf. Aber nicht bis zu mir, sondern nur bis zum Eiswagen, der am Teichufer steht und ein paar

Tretboote verdeckt. Ich bleibe stehen. Irene schaut erst zu Johnny und dann zum Eiswagen. Das macht sie immer so, sie schaut immer erst zu Johnny und dann dorthin, wo er hinschaut. Würde ich mich jetzt auf den Bauch legen, genau hier auf den Parkweg, mit dem Gesicht nach unten und den Händen flach nach vorn ausgestreckt, ungefähr so, als könnte ich auf dem Wasser treiben und nicht auf dem Parkweg, würde ich das also jetzt machen, dann hätte ich die halbe Strecke von hier bis zu Irene schon geschafft. Meine Finger würden genau auf der Hälfte von mir bis zu ihr auf dem Weg liegen. Ich lege mich aber nicht auf den Weg. Ich drehe mich nur zur Seite, als Irene und Johnny zum Eiswagen einschwenken. Irene passt immer auf, dass sie direkt neben Johnny läuft. Nicht davor und nicht dahinter. So wie ich. Ich passe auf, dass ich direkt hinter ihnen laufe. Immer zwei Michilängen dahinter. Nicht mehr und nicht weniger. Wenn Johnny stehen bleibt, bleibt Irene auch stehen, damit sie genau neben ihm steht. Ich bleibe dann auch stehen. So wie jetzt. Irene schaut Johnny an und sagt: Eine Kugel Schoko und eine Erdbeer. Dann hält sie den Kopf schräg und fragt: Willst du auch eins? Ich sehe Irenes Ohr an und sage: Ja, eine Karamel, eine Tiramisu, eine Amaretto und eine Stracciatella. Irene dreht sich immer noch nicht um. Auch Johnny nicht, dafür sagt er aber, dass mir meine Späßchen schon ausgehen werden, wenn mir die Kugeln runterfallen, und dass ich schon sehen werde, wohin das führt, er könne sich das jedenfalls denken, wohin das führt, schon denken könne er sich das, vier Kugeln, Mensch. Dann gibt er unsere Bestellungen an den Eismann weiter, der alles schon fertig hat, weil er uns ja auch gehört hat. Als Johnny Irene ihr Eis gibt, strahlt sie. Dann nimmt Johnny dem Eismann meine Waffel aus der Hand und streckt den Arm nach schräg hinten aus. Er macht das, ohne sich umzudrehen. Ich denke: Vor!, mache zwei große Schritte in Johnnys Richtung und ziehe ihm die Waffel aus der Hand. Dann denke ich: Zurück!, und mache zwei Ausfallschritte rückwärts. Zur Seite, ran, denke ich nur so und bleibe still stehen, damit keine Kugel runterfällt. Wie ich vier Kugeln schaffen soll, keine Ahnung. Weil Johnny noch zahlt, kann ich schon mal lecken. Der Eismann lässt das Wechselgeld in Johnnys dicke Hand fallen. Aber Johnny schaut er dabei gar nicht an, sondern mich. Das Wechselgeld fällt trotzdem nicht runter. Ich glotze zurück. Der Eismann macht ein Gesicht, als wäre ich krank oder so was. Ich glotze weiter, reiße den Mund auf und sauge die oberste Kugel ganz rein. Der Eismann schaut mich immer noch an. Als ich den Kopf in den Nacken werfe, damit mir der Karameleisbrei nicht aus dem Mund läuft, sehe ich hoch über den Parkbäumen den Mond im Nachmittagshimmel stehen. Er ist blass und sieht aus, als wäre er eigentlich gar nicht da.

Als wir weiterlaufen, macht Irene kleine Schritte, damit ihr das Eis nicht runterfällt, aber nur so lange, bis Johnny ihr die dicke Hand in die Potasche hinter den Schmetterling steckt und sie vorwärtsschiebt. Wahrscheinlich fällt ihr deswegen eine Kugel runter, jedenfalls bleibt Johnny plötzlich stehen und Irene also auch. Süße, hast du sie nicht alle, fragt er, kannst du nicht mal aufpassen, kannst du das nicht? Das Eis liegt direkt vor meiner Schuhspitze. Bevor es richtig zerlaufen kann, trete ich drauf. Johnny sagt: Ich hab dich was gefragt, Süße. Ich hab dich gefragt, ob du nicht aufpassen kannst. Irene schaut auf Johnnys obersten Kragenknopf, jedenfalls sieht es so aus, ich kann sie ja nur von der Seite sehen. Ihr Ohr ist blutrot angelaufen und Johnny sagt: Ist dir wohl egal, dass das Geld kostet, oder, egal ist dir das doch. An der Innenseite meiner Schuhsohle quillt das Eis hervor und schmatzt. Ich hebe den Fuß und lasse ihn noch einmal auf die Matsche fallen. Mit voller Wucht. Das Eis spritzt an meine Hose, als Johnny sagt: Gefragt hab ich dich was, Süße, ich hab dich was gefragt, sagst du vielleicht mal was. Ich schiebe meinen Schuh einmal durch die Eismatsche und denke: Vor. Johnny zieht die Hand aus Irenes Potasche und hebt sie langsam nach oben, Irene schaut auf seinen Kragenknopf und ich schaue auf Irenes rotes Ohr. Als Johnny ihr Ohrläppchen erwischt, ziehe ich den Schuh wieder zurück durch die Eismatsche und denke: Zurück. Aber Irene kennt das schon und weiß, was sie jetzt am besten macht. Sie sagt: Entschuldige, Johnny. Wollte ich nicht. Entschuldige. Entschuldige. Und weiter geht's.

Und eins, und zwei. Die Tretboote schaukeln auf dem

See, irgendwo kichert eine Frau und jetzt kommt Wind auf, die Parkbäume rauschen über meinem Kopf, meine Haare flattern wieder und Irenes Dauerwelle auch. Ihre Flipflops klatschen an ihre Fersen, sie versucht, im Gleichschritt mit Johnny zu laufen, meistens schafft sie es. Johnnys Schritte knirschen auf dem Parkweg und meine auch, aber immer zwei Michilängen dahinter. Nur mein rechter Schuh klingt noch ein bisschen anders als der linke, weil der Rest von Irenes Eiskugel dran klebt. Wir gehen immer am See entlang, und wenn Johnny nicht die Richtung ändert, werden wir irgendwann wieder da ankommen, wo wir losgelaufen sind. Einmal lasse ich auch eine Kugel fallen, weil Johnny plötzlich stehen geblieben ist, aber niemand hat was gemerkt. Als Johnny Irene hinter dem Glitzerschmetterling in den Po kneift, strahlt sie. Ich sehe das nicht genau, aber Irene strahlt immer, wenn Johnny das macht. Johnny strahlt nie. Aber er zieht Irene an sich ran, dreht mit der freien Hand ihren Kopf nach hinten und küsst sie. Ich schaue abwechselnd zu Irene und auf den Eisrest in meiner Waffel. Ich kann ihre Zunge sehen, sie und Johnny machen schmatzende Geräusche, wie ich vorhin mit dem Eis. Ich drehe meine Waffel um und lasse die letzte Kugel auch noch fallen. Dabei streift sie an meiner Hose entlang, bis sie vor mir auf dem Parkweg landet. Jetzt hole ich Anlauf und springe drauf. Volle Wucht. Johnny hat immer noch nichts bemerkt. Als sie mit Küssen fertig sind, schiebt er Irene wieder an und ich denke: Und eins.

Und zwei, aber ich kann nicht mit Irene Schritt halten, weil sie und Johnny in einen ausgetretenen Pfad zum See einbiegen. Irene vorneweg, weil Johnny sie anschiebt, und ich hinterher. Zwischen Unkraut und Sträuchern geht es steil abwärts, und Irene kichert, weil Johnny etwas Lustiges gesagt hat, aber ich kann ihn nicht verstehen, ich laufe ja ganz hinten und der Wind rauscht in den Sträuchern. Einmal bleibt Johnny stehen, streckt die Hand nach schräg hinten aus und zieht an einem langen Zweig, damit der Weg für mich frei ist. Johnny dreht sich nicht um, aber er wartet in Ruhe auf mich, er hält mir wirklich den Weg frei. Ich beeile mich, aber als ich ganz nah dran bin, lässt Johnny los. Der Zweig landet auf meinem Gesicht, zieht einmal quer drüber und dann an meinem Ohr entlang. Fetschen, nennt Johnny das. Als ich die Augen aufmache, ist Johnny wieder vorn bei Irene. Die kichert und stolpert, Johnny fängt sie von hinten auf, er greift fest in ihren Po und dann stehen beide am Ufer. Es ist eine kleine Bucht und niemand außer Johnny und Irene ist hier. Irene strahlt wieder, glaube ich. Das Wasser schwappt an die dunklen Kiesel am Boden. Ich bleibe neben dem letzten Strauch stehen. Würde ich mich jetzt flach auf den Bauch legen, wäre ich immer noch nicht bei Irene, das wäre ja nur die Hälfte der Entfernung bis zu ihr. Ich bleibe stehen und ziehe mit der rechten Hand an einem Zweig. Johnny und Irene stehen mit dem Rücken zu mir und schauen auf den See raus. Das Wasser kräuselt sich leicht und schimmert undurchsichtig. Als Johnny sich die Hosen auszieht, schaut Irene erst auf ihn, und dann dreht sie sich um, aber nicht zu mir, sondern nur zu den Sträuchern um die Bucht herum. Außer mir schaut niemand zu. Dann zieht sie sich auch aus. Als Irene ganz nackt ist, kneift Johnny ihr wieder in den weißen Po. Irene quietscht und dreht sich nicht zu Johnny um. Er soll ihre Schwangerschaftsstreifen nicht sehen. Die hast du mir eingebrockt, Michi, hat Irene mal gesagt. Wenn sie nichts anhat, versucht sie immer so zu stehen, dass er die Streifen nicht sieht. Jetzt auch. Sie dreht Johnny den Rücken zu und lächelt über die Schulter hinweg in seine Richtung. Sie sieht wirklich aus, als sei sie noch in der Schule. Blutjunge Süße!, schreit Johnny und treibt Irene ins tiefe Wasser. Als sie die ersten Schwimmzüge machen, bin ich mir fast sicher, dass ich eigentlich gar nicht da bin. Und dann denke ich: Vor. Ich lasse den Zweig los und laufe auf die Bucht hinaus.

Der Wind rauscht in den Sträuchern um mich herum und hebt meine Haare an. Johnnys und Irenes Hinterköpfe bewegen sich gleichmäßig vom Ufer weg. Ich drehe das Gesicht zum Himmel und sehe den Nachmittagsmond, er steht ganz still. Dann hebe ich den Fuß mit der immer noch verklebten Sohle und schiebe ihn quer über Johnnys Klamottenberg. Ich denke: Zurück. Zur Seite. Ran. Vor. Zurück. Zur Seite. Ran.

Damespiel

Am fünfzehnten Mai 2008 steuerte ein amerikanisches Hilfsgüterflugzeug bei mäßiger Sicht die Landesgrenzen Birmas an. Diesel, Benzin und Super kosteten an einer Tankstelle in Oberfranken jeweils 153,3 Cent, eine Dame mit durchsichtigem Nagellack präsentierte ein diamantenbesetztes Mobiltelefon auf einer Messe in München, die Fans von Zenit St. Petersburg schliefen ihren Rausch vom Sieg im UEFA-Cupfinale aus, ein zwölfjähriger Junge namens Bei wurde mit versehrtem Auge aus den Trümmern der Musikschule in Chengdu geborgen, vor dem Brandenburger Tor warb Rennkamel Trixi für ein Kamelrennen in Berlin Karlshorst und Rabbi Leibisch aus Antwerpen sprach in Frankfurt an der Oder ein Gebet zum Gedenken des 216. Todestages von Rabbi Theomin, während der amerikanische Präsident mit dem israelischen Ministerpräsidenten und unter großem Presseaufgebot die Ruinen von Masada besuchte, der tausendjährige Rosenstock des Hildesheimer Doms seine ersten Blüten aufblätterte, die kniende Taufbeckenfigur für die Ausstellung »Bild und Bestie« im Hildesheimer Dommuseum die Stirn in Falten legte und Dorothea Kupič den rechten Finger an ihre eigene Stirn legte und sich fragte, woher sie das alles eigentlich wusste.

Sie nahm ihr Kissen von der Fensterbank, erhob sich vom Stuhl und machte das Fenster zu. Dann drehte sie sich langsam um und horchte in die Wohnung hinein. Der Fernseher war ausgeschaltet. Durch das geschlossene Fenster hinter ihr sickerte Feierabendverkehr. Wenn man etwas weiß, dachte sie, wenn man plötzlich etwas weiß, das man vorher nicht gewusst hat; wenn man es so genau weiß, dass man es regelrecht vor Augen hat, dann muss man doch irgendwo davon gehört haben. Dorothea Kupič hörte aber nur den Kühlschrank surren. Schritt für Schritt überquerte sie den Flur und schob die Badezimmertür auf. Man muss entweder davon gehört haben, dachte sie. Die bewaldeten Landesgrenzen Birmas sah sie noch deutlich vor sich. Im Badezimmer war alles ruhig. Oder, dachte sie sich, als sie hineintappte, oder man hat es irgendwo gesehen. Nachdem sie das gedacht hatte, hob Dorothea Kupič den Kopf, sah in den Spiegel und riss den Mund weit auf.

Das Muttermal auf ihrer Stirn war angeschwollen, darüber dellte sich die Haut mit Schwung in die Stirnhöhle hinein, darunter hatte sich ein sichelförmiger Schatten gebildet, der nahtlos in Dorotheas Nasenwurzel überging. Sie schlug nach dem Lichtschalter. Draußen donnerte ein Schwertransporter vorbei, die Neonröhre über dem Spiegel knisterte und Dorothea erkannte das ganze Ausmaß der Veränderung an ihrem Muttermal: An seinem unterem Rand hatte sich eine Ritze gebildet, die im plötzlichen Neonröhrenlicht heftig zusammengezuckt war. Die Haut um die Ritze herum kräuselte sich noch einen Augenblick, entspannte sich aber bald, und auch die Ritze selbst entspannte sich, und je länger Dorothea hinsah, umso breiter wurde sie. Auf ihrer Stirn, wo sich immerhin etwas abspielte, was man nicht alle Tage sah, brach der Schweiß aus und zwischen den glitzernden Schweißperlen riss die Ritze unter dem Muttermal auf und legte ein mandelförmiges Auge frei, dessen himmelblaue Iris Dorothea Kupič aus dem Spiegel heraus betrachtete.

O Gottogott, wem fällt denn so was ein, murmelte sie ihrem hoch erhobenen vierten Grasovka zu, bevor sie ihn kippte. Die Wanduhr im Esszimmer gongte zehnmal. Dorothea verfolgte jeden einzelnen Schlag mit allen drei Augen, bis ihr noch mehr schwindelte als vorher. In der Nachbarwohnung lief der Abspann vom Tatort auf voller Lautstärke. Drei Augen also. Na dann, murmelte sie und tappte ins Badezimmer, wo sie das Licht aus ließ und im Dunkeln ihre Zähne ins Glas legte. Trotzdem leuchtete ihr aus dem Spiegel das Blau ihres Stirnauges entgegen, bis sie die Badezimmertür resolut hinter sich schloss und zu Bett wankte. Dort lag sie lange auf dem Rücken. Über ihr drehte sich der Schlafzimmerhimmel und in großer Entfernung sah sie ihren Mann auf einer blauen Parkbank sitzen und ihr erfreut zunicken. Drei Augen sehen ja auch mehr als zwei, nuschelte Dorothea Kupič, schloss diese und schlief ein.

Sie träumte davon, neben ihrem Mann auf der blauen Parkbank zu sitzen. Unter ihr leuchteten schwach die Kontinente, der Mond ging neben ihr auf und hatte ein Gesicht. Im Halbdunkel schoben sich Wolkengebirge unter ihren Füßen vorbei und sahen aus, als habe jemand sie aus Milchglas geblasen. Eine Wolke verformte sich zu einer Ente, die Augen und Schnabel aufriss, und Dorotheas Mann tippte ihr auf den Arm und wollte etwas sagen, aber sie schob ihn weg, weil ihre Füße schon in den Wolken verschwanden, und dann verlor sie das Gleichgewicht, rutschte von der Bank und fiel in den Schnabel, und Dorothea sah ihren Mann über sich eine Geste mit dem Finger machen, die sie nicht mehr deuten konnte, weil er immer kleiner wurde und dann verschwand und sie in den Schnabel fiel und nur noch Nebel sah, und dann fiel sie aus den Wolken heraus. Unter ihr raste ein Kontinent auf sie zu, Dorothea wusste nicht, welcher es war, aber sie erkannte schon Straßenzüge und Parks und fiel und fiel, und dann träumte Dorothea Kupič gar nichts mehr.

In der folgenden Zeit beschäftigte sie sich vor jedem Ausgang damit, ihr drittes Auge so zu verstecken, dass niemandem: Aber auch wirklich niemandem!, drohte sie ihrem Spiegelbild, einfallen würde, er habe es mit einer Dame mit drei Augen zu tun. Zuerst versuchte sie es mit einem großen Pflaster. Aber erstens zuckte das dritte Auge darunter, wie eine aufgeschrammte Stirn eigentlich nicht zucken würde. Und zweitens riss sich Dorothea beim Abziehen des Pflasters derart am frisch gewachsenen Lid, dass sie lieber gleich auf ein großes Mullpflaster zurückgriff. Damit ging es besser. Als sie aber auf halbem Weg in den Park die Blicke auffing, mit denen dieses wirklich große Mullpflaster bedacht wurde, kehrte sie auf dem Absatz wieder um, zupfte es von der Stirn und griff sich ihr Kissen, um das schöne Wetter eben vom Fensterbrett aus zu genießen. Pf!, machte sie in Richtung der Verkehrsinsel. Als hätt ich nichts Besseres vor! Oder als hättest du …, Dorothea wendete den Blick zum wolkenlosen Himmel, wo ihr Mann den Kopf hob und auf seine Brust deutete, Ja du!, rief sie, Als hättest du mich verprügelt! Ihr Mann hob entrüstet die Hände, aber Dorothea Kupič hatte das Fenster schon geschlossen.

Während sie sich weiter damit beschäftigte, ihr drittes Auge vor der Öffentlichkeit zu verbergen, entwickelte es sich sehr gut. Nach der ersten Woche entdeckte Dorothea eine geschwungene Reihe heller Wimpernspitzen am oberen Lid, fünf Tage darauf legte das untere mit einer ebenso geschwungenen Reihe nach. Am vierundzwanzigsten Tag trat schließlich eine matt schimmernde, hellgraue Brauenlinie aus ihrer Stirn und zog sich mit Elan über ihrem dritten Auge entlang. Dorothea Kupič seufzte und griff zur Pinzette.

Am Ende entschied sie sich für einen dichten Pony, den sie sich mit einer großen Rundbürste in die Stirn fönte, setzte einen breitkrempigen Sommerhut auf, hängte sich die Handtasche an den Arm und zog die Wohnungstür so resolut zu, dass die Nachbarn die Köpfe von ihren Mittagstellern hoben.

Weder Frisur noch Sommerhut änderten aber etwas an der Tatsache, dass Dorothea Kupič die Welt mit anderen Augen sah. Von der Parkbank aus bemerkte sie die Erschütterungen der Liegewiese, unter der gerade das U-Bahnliniennetz erweitert wurde, wurde aber von den Bewegungen der wachsenden Birken abgelenkt. Mit in den Nacken geschobenem Sommerhut zählte sie die vorbeiziehenden Asteroiden über dem Park und formulierte zu jedem einen Wunsch, den sie für sich behielt. Sie verfolgte die Heliumstürme auf der Maisonne und freute sich über die Muster der Sonnenflecken. Und als ihr schon der Nacken schmerzte, sah Dorothea einem Satelliten von der Größe eines Kleinbusses beim Umrunden der Erdumlaufbahn zu, bis dieser plötzlich abgeschossen wurde und beim Eintritt in die Erdatmosphäre größtenteils verglühte. Dorothea sah mit eigenen Augen, wie seine letzten Trümmerreste auf der bewegten Oberfläche des Indischen Ozeans niedergingen.

Im Parkcafé setzte sie sich zu Lucie Koslovcik und Agnes Oleg, die dort Karten spielten, und aß Kartoffelsuppe mit Wiener Würstchen und Dill. Der Sommerhut stünde ihr gar nicht, sagte Lucie Koslovcik, so übel. Gar nicht so übel, hm hm, pflichtete Agnes Oleg ihr bei, und ergänzte, während sie fünf Damen auslegte, der solle wohl die eigenwillige Ponyfrisur kaschieren? In diesem Moment entdeckte Dorothea die Stockente. Sie fischte unter der Oberfläche des Seerosenteichs hinter dem Parkcafé nach Insektenlarven, ihr Körper schimmerte im Licht. Und ebenso wie Dorothea gerade der Unterton in Agnes Olegs Frage entging, entgingen der Stockente die fünf Erpel, die einen Kreis um sie formiert hatten und ihn enger und enger zogen. Dorothea sah das Blitzen der Augen in den steif aufgerichteten Erpelköpfen, und dann sah sie die plötzliche, gleichzeitige Vorwärtsbewegung der Erpel auf ihre Kreismitte zu. Und während Agnes Oleg die zum Teich starrende Dorothea Kupič befremdet musterte, verfolgte diese den von hinten ausgeführten Schnabelschlag eines der Erpel nach dem Nacken des Stockentenweibchens, die Flucht des Vogels knapp über der Teichoberfläche, direkt auf die Außenanlage des Parkcafés zu und bis unter einen Stuhl an Dorotheas Nachbartisch. Sieh mal einer an, ließ sich Lucie Koslovcik vernehmen, wie niedlich. Niedlich niedlich, pflichtete Agnes Oleg ihr bei, natürlich nicht ganz so niedlich wie die bunten Männchen da drüben auf dem Teich. Dorothea hörte nichts davon, sah aber das Weiß in den Augen des Entenweibchens und seinen aufgerissenen Schnabel, aus dem es hoch und schrill – Eigentlich nicht zu ertragen!, wie Agnes Oleg gerade feststellte – schrie.

Dorothea legte das Geld für die Kartoffelsuppe auf den Tisch und lief, verfolgt vom Geschnatter ihrer Bekannten, nach Hause. Auf dem Heimweg sah sie einen Zwölfjährigen in der Erdbebennotfallstation in Chengdu zusammenfahren, weil eine Schwester im Vorbeigehen an sein Bett gestoßen war. Danach sah sie nur noch auf ihre Sandalen und hob nicht mehr den Kopf.

Plötzlich brach der Sommer über ihr herein. Mit einem Knall schlug er die offenen Fensterflügel an den Außenputz und ihr selbst einen schwülen Windstoß ins Gesicht. Dorothea Kupičs Sommerhut flog ins Innere der Wohnung und ihre eigentlich rundgefönten Ponysträhnen hoben sich in der Böe. Unter dem Fenster stand Lucie Koslovcik, mit der sie eben noch geplauscht hatte und die jetzt mitten im Wort abbrach. Das Wort lautete Kaffeeundkuchen, aber Lucie Koslovcik warf den Lockenkopf in den Nacken und sagte nur: Kaff-Eh?

Wie die mich angafft! Wie man eine angafft, die nicht einfach so aus dem Fenster herausschaut. Eine, die mit nicht weniger, und hier fiel es Dorothea siedend heiß wieder ein, als drei Augen aus dem Fenster schaut. Sie blinzelte in das aufgerissene Augenpärchen von Lucie Koslovcik, bevor der Hofstaub diese in einer Böe umwirbelte. Dorothea hob die Augen gen Himmel. Von weitem sah sie faustgroße Hagelkörner auf sich zu fallen. Sie zog ihr Kissen vom Fensterbrett und hatte eben das Fenster geschlossen, als das erste Hagelkorn eintraf und mit glattem Durchschuss durch die Scheibe ging.

Darauf saß Dorothea im Halbdunkel auf dem Sofa und presste die Lippen aufeinander. Die Wanduhr gongte fünfmal. Der Hauptschalter am Fernseher summte. Auf dem Fensterbrett schmolz das Hagelkorn vor sich hin, und durch das Loch in der Scheibe hörte sie die anderen auf die Dächer der parkenden Autos schlagen. Aber so ein Gewitter, murmelte Dorothea Kupič. Ein paarmal klingelte es an der Tür und das konnte nur Lucie Koslovcik sein, deswegen machte sie nicht auf. Aber so ein Gewitter, murmelte sie noch einmal. Wie mein Junge. Genau wie mein Junge, fand sie und zog sich das Telefon auf den Schoß.

Was, wer ist dort?, brüllte ihr Junge aus dem Hörer in Dorothea Kupičs Ohr. Sie drückte das Telefon vor den Bauch und sah durch die Ketten von Hagelkörnern hindurch und in einer Entfernung von zweihundertdreiundfünfzig Kilometern ihren Jungen die Freisprechanlage einschalten. Ihr Junge stand in seiner Glasbläserwerkstatt im Schwarzwald und schwitzte. Das Hemd, das sie ihm zu Weihnachten geschenkt hatte, spannte über seinem Bauch. Er hatte gerade einen glühenden Klumpen aus dem Ofenloch geholt, ihn geblasen und zog jetzt aus der beweglichen Form einen Faden heraus, den er drehte und formte, während er mit Dorothea sprach. Mutti, du bist das! Ja, schlechte Verbindung hier – was? Gewitter, kann schon dran liegen. Nein, Sicherung brauchst du nicht rauszudrehen, das ist nicht mehr so, ihr habt doch gute Blitzableiter. Heiter bist du? Nein, Blitzableiter habt ihr! Sonst was kaputtgegangen? Wie, glatter Durchschuss. Wer. Das Fenster! Kann ich dir nicht ersetzen, ich bin kein Glaser, Mutti, ich bin Glasbläser! Ahnung! Ach schon, aber ich fahr doch kein Fensterglas vom Schwarzwald bis zu dir! Was, nicht so weit. Wovor? Vor Augen hast du mich, na das ist schön. Das Hemd von Weihnachten, i wo, doch nicht in der Werkstatt. Was? Ich flunker nicht, und nenn mich doch nicht immer Junge, Mutti. Nein, so weit ist das auch nicht, aber – Wie? Zu mir, was soll ich mit Fensterglas, du brauchst doch das Fensterglas, nicht ich! Ach, du hierher, nicht das Fensterglas? Mutti? Schlechte Verbindung, ja! Abholen, klar, ich hol dich vom Zug ab, die Kinder haben hitzefrei, da kannst du uns ja helfen. Mutti? Mutti, was? Was prasselt denn bei dir so, brennt bei dir was an? Klar steh ich vorm Ofen und nicht du, aber bei dir prasselt doch was. Prasselt was! Hagel? Dann lass dir doch mal das Fenster ersetzen! Mutti, schlechte Verbindung, ich mach mal – Was mache ich? Glasente, ganz genau, eine Glasente, wie du das wieder – Wie, nicht verschenken, du willst die haben? Nein, du willst die bloß nicht haben? Mutti, entschuldige mal, du hast sie ja nicht mal gesehen! Glasklar vor Augen, ja, Mutti, ich mach mal Schluss, schlechte Verbindung, nein, überhaupt nicht gut, ganz sch-

Als Dorothea den Hörer langsam wieder auf die Gabel drückte, hatte der Hagel aufgehört. Vor ihrem Haus regnete es warm auf die Straße. Irgendjemand fluchte über die Dellen auf seinem Auto. Dorothea stellte sich ins Badezimmer und schwieg ihr Spiegelbild an. Ihr drittes Auge blinzelte unter dem zerzausten Pony hellblau und mandelförmig zurück. Sie hob alle drei Augenbrauen und griff gerade nach der Rundbürste, als es wieder an der Tür klingelte. Davor stand, und hatte sie sich das nicht schon gedacht, Lucie Koslovcik. Allerdings hättest du dir das denken können, rief Lucie Koslovcik und lief an ihr vorbei in die Wohnung hinein, dass ich die ganze Zeit im Hauseingang stehe und mir den Hageltod hole, während du, meine Liebe!, und dabei zeigte sie mit dem goldberingten Finger auf sie, während du dich frisierst! Als sie sich abgetrocknet auf Dorotheas Sofa gepflanzt und diese ihr heißen Kaffee mit einem Kuchenrest aus der Küche gebracht hatte, machte Lucie Koslovcik dieselbe Geste noch einmal, meinte dieses Mal aber nicht Dorotheas Frisur. Sie sah den Finger Lucie Koslovciks vor ihrem Gesicht schweben und wurde sich plötzlich bewusst, dass sie den Sommerhut ja nicht trug.

Mach das mal weg, Liebes, raunte Lucie Koslovcik. Was mach ich weg. Mach mal die Haare da weg, Liebes. Welche Haare, Jesusmaria! Lucie Koslovcik schob ihr kleines Gesicht ganz nah an Dorotheas Stirn heran, bohrte ihren Finger durch deren Pony und schob eine Strähne zur Seite.

Dorothea Kupič schaute ihr aus allen drei Augen entgegen. Ach je, sagte Lucie Koslovcik nur und gleich noch einmal: Ach je.

Dann nahm sie einen Schluck aus ihrer Kaffeetasse, senkte den Blick, wischte sich mit einem Taschentuch den Finger ab, und während sie aufstand und die Wohnungstür ansteuerte, stotterte Lucie Koslovcik lauter Sachen, die Dorothea nicht recht verstand. Dass es ihr furchtbar leid täte. Wirklich furchtbar. Dass sie sich damit ja ungeheuerlich fühlen müsse. Aber wirklich nicht allein stünde. Nein, gar nicht! Sie sei schon die Vierte in diesem Monat, der das ja nun so unwiderruflich in ihre Gesichtszüge eingeschrieben sei. Unwiderruflich, leider. Leider, leider. Und wie leid ihr das doch täte, aber da müssten sie eben alle durch, früher oder später, so oder so. Und ihr selbst ginge es ja eigentlich ganz gut, noch! Das müsse sie ausnützen und sich unverzüglich auf den Weg machen. Unverzüglich, das sei nicht persönlich gemeint, sondern prinzipiell und dulde keinen Aufschub. Nicht in ihrem Alter. Sie, Dorothea Kupič, da sei sie sicher, habe Verständnis dafür. Todsicher sei sie, sozusagen, aber Dorothea eilte hinter ihr her und bis zur Wohnungstür, Lucie, rief sie, Lucie Koslovcik, was faselst du da? Die drehte sich um und warf ihr einen Blick zu. Und um das Thema zum Abschied auf ein weniger heikles Gebiet als ihr drittes Auge zu lenken, sagte Dorothea: Na dann. Ich fahr für ein paar Tage weg.

Lucie Koslovcik aber ergriff ihre Hände, drückte sie innig, sah ihr ebenso innig in alle Augen und sagte: Ja, Liebes, so kann man es auch nennen. Dann beugte sie sich vor und flüsterte: Die Enten, weißt du noch, diese niedlichen

Enten, wir hatten schon schöne Stündchen miteinander. Darauf drehte sie sich um und schritt ins Treppenhaus hinaus.

Dorothea Kupič ging zurück in die Wohnung, setzte sich aufs Sofa vor den ungegessenen Kuchenrest, drehte den Kopf zum Fenster und atmete aus. In der Einkaufspassage baumelten die vom Hagel zerschlagenen Laternenfassungen an den Masten, aus dem Parkteich fischte eine Angestellte der Stadtreinigung den Körper eines Entenweibchens mit dem Köcher heraus, ein Mitarbeiter der Bonner Staatsanwaltschaft hackte den Antrag auf Ermittlungsverfahren wegen Bespitzelung gegen eine deutsche Telefongesellschaft in seine Tastatur, in Italien saß eine ältere Dame mit ihrem Rottweiler von einem Erdrutsch verschüttet in der Wohnung fest, und in Chengdu beendete der zuständige Hilfsarzt der Erdbebennotfallstation gerade die Augenoperation an einem Zwölfjährigen, mit ungewissem Ausgang. Ihr Mann krümmte den rechten Zeigefinger zu einer Geste, die Dorothea übersah, weil sie sich ihr drittes Auge mit beiden Händen zudrückte, bis es wehtat.

Dreitausend Blauwale

Wir waren die von Außerhalb. An der Schule nannten sie uns die Oberelbischen, weil wir auf der anderen Seite der Elbe wohnten. Wir waren immer die Letzten, die morgens kamen, und die Ersten, die nachmittags wieder los mussten. Wir wohnten in diesen Dörfern, die zwischen den Gewerbegebieten und Fichtenwaldstücken an der Bundesstraße zur Stadt aufgereiht waren. In den Zwingern standen Schäferhunde und an den Ketten rissen Spitze, die sich aufbäumten, wenn wir morgens im Nebel an der Einfahrt vorbeiliefen, und die leise winselten, wenn wir außer Sichtweite waren. Wo sich kein Dorf, kein Gewerbegebiet und kein Fichtenwaldstück befand, lagen die Felder. Raps im Mai und Mais im Juli. Es gab nur eine einzige Elbbrücke im Umkreis von dreißig Kilometern. Der Schulweg dauerte eine Stunde, manchmal länger, dann standen wir im Stau, der Bus war überhitzt. Vorne lief Radio, wir standen, es war fast noch Nacht.

Weil wir aus unterschiedlichen Dörfern kamen, hielten wir uns die Plätze frei, denn der Bus füllte sich von Haltepunkt zu Haltepunkt und Sitzplätze waren begehrt. Jemandem einen Platz freizuhalten ging mit einem Eintrag ins Poesiealbum einher, aber eigentlich saßen wir zusammen, weil wir keine andere Wahl hatten. Tascha war die gesprächigste von uns, sie hatte strähnige blonde Haare und trug sogar im Winter dieses knallrote Kleid, eins von der Art, wie Zwanzigjährige sie anhatten. Hinten ausgeschnitten, unverschämt dünner Stoff, durch den sich der Bauchnabel abzeichnete. Es stand ihr nicht, aber sie bewegte sich wie eine Erwachsene darin, wie eine richtige Frau. Ihr Vater wohnte in Kaliningrad, und Tascha übte das rollende R mit jedem, der sich breitschlagen ließ, und lachte alle aus, die das russische Wort für Fisch falsch aussprachen, also jeden von uns. Wir sagten Rüba oder Ruiba, nie sagten wir: рыба. Wenn ich aus dem Fenster in den Nachtmorgen hinaussah, drückte sie manchmal ihr Gesicht zwischen den Bussitzen nach hinten durch und starrte mich an, bis ich zurückschaute. Ich rollte mit den Augen und sie lachte, Tascha lachte immer ein bisschen zu laut, Tascha lachte für mich mit, einfach so, ohne Anstrengung.

Wenn Tascha nicht lachte, wenn Karen neben mir saß und wieder schwieg, weil Karen eigentlich immer schwieg, dann machte ich die Augen zu und dachte an nichts. Ich habe oft an nichts gedacht in diesem Bus. Es gab keinen Grund, an etwas anderes zu denken. Was hätte das auch sein sollen. Nichts. Und dann schlief ich ein. Ich schlief, als wäre ich gar nicht da. Ich schlief, als wäre ich woanders.

Manchmal machte ich kurz die Augen auf, um zu sehen, wie weit es noch bis zur Brücke war, dann zischten die roten Rücklichter der Autos auf der Überholspur an meinen

Wimpern vorbei, im Hellgrau schwammen die Felder, und ich schloss die Augen wieder. Ich habe, die Schläfe an der beschlagenen Scheibe, viel geträumt. Abenteuerträume, grellbunt und blitzschnell ineinander geschnitten wie MTV-Spots und ich selbst mitten drin, mit langen pechschwarzen Haaren, die im Fahrtwind wehten. Es ging um Lichtschächte, U-Bahnen, um die Metro in Paris und ihr termitenhaftes, hell gekacheltes Schachtsystem unter niedrigen Decken; es ging um endlose waagerechte Rollgänge im Transitbereich auf den Airports, ich sah die vorbeizischenden Duty-Frees, die abgestellten Gepäckwägen im Neonlicht und hinter den Scheiben die riesigen Maschinen wie ruhende Welse am Grund eines Sees; Menschen habe ich keine gesehen, aber Lautsprecheransagen gehört, die sich selbst unterbrachen, sich verschluckten und absurd kicherten; es ging um Blitzlichtgewitter, um große Geschwindigkeiten und grell erleuchtete Tunnel, um den größten von allen, den Tunnel Calais – Dover, mitten im Kalk und Mergel des Meeresbodens und mit seinem parallel verlaufenden Seitenstrang, der zur Seite aufblitzt wie die verpasste Möglichkeit, alles anders zu machen, und an der Decke die nie abreißende Kette der kleinen gelben Lampen, klein wie die Stichlinge im Kanalbett; und ich habe, hinter den meterdicken Stahlwänden, zwischen Calais und Dover habe ich vom Meer geträumt, wie es eiskalt und sehr tief und sehr schwer auf dem Tunnel liegt, wie schwer das sein muss, Hunderte von Tonnen, eintausend Hotelanlagen, dreitausend Blauwale, ich konnte es mir nicht vorstellen, aber gehört habe ich das Meer über dem Stahl, ein Motorenbrummen, gleichförmig, eiskalt und schwer.

Karen hätte mir vielleicht gesagt, wie viel das Meer wiegt, aber ich habe sie nicht gefragt. Mindestens hätte sie gelächelt, weil sie eigentlich immer lächelte, mit zusammengekniffenen Augen und haarscharf an meinem Gesicht vorbei. Sie war gut in Geo und Russisch, sie hatte einen Globus zu Hause, den man von innen beleuchten konnte, und sie sprach рыба so aus, dass Tascha einigermaßen zufrieden war. An den Wochenden gingen Karen und Tascha ins Aussiedlerwohnheim am Stadtrand. Manchmal ging ich mit und wir trafen diese Jungs, die viel älter waren als wir, die nach Zigaretten rochen und nach Alkohol, die ausgeleierte Parkas trugen und Bundfaltenjeans, und Tascha kicherte mit ihnen über russische Witze, die ich nicht verstand. Tascha brachte mir russische Begriffe bei, пизда с ушами, Fotze mit Ohren; sobald ich mir das gemerkt hatte, hörte ich es aus jedem Gelächter heraus. Dass ich nach fünf Jahren Russisch nicht viel mehr außer Fotze mit Ohren verstand und trotzdem bei jeder Zote mitlachte, war peinlich, aber nicht zu vermeiden. Karen hat sich später in einen der Jungs verliebt, Sergej, er kam aus der Nähe von Tschernobyl, hatte eine verkrüppelte rechte Hand, die vielleicht gar nichts damit zu tun hatte, und schenkte ihr riesige geblümte Wolltücher, die sie nie trug.

Immer bin ich müde gewesen, fast immer habe ich an nichts gedacht. Um sechs stieg ich ein, um sieben stieg ich aus, in der Zwischenzeit habe ich nicht viel gesagt. Wir fuhren, ich saß immer am Fenster, die anderen dachten, ich starre hinaus. Wir waren so etwas Ähnliches wie Freunde.

An Marcel dachte ich nur noch ab und zu. Aber wenn ich an ihn dachte, dann morgens im Überlandbus. Er hatte im Februar Geburtstag und ich im März, aber ich war größer, meine Mutter hatte ihm immer meine abgetragenen Pullover vermacht. Wir waren zwei Köpfe kleiner als jetzt, die Störche nisteten noch auf seiner Scheune, die noch nicht abgebrannt war, und sein Vater scheuchte uns jeden Donnerstag die Hallenbahnen entlang. Wer beim Brustschwimmen mit dem Kopf unter Wasser geriet, bekam mit dem Zeigestab einen Schlag auf die Finger. Nachmittags war er wie ausgewechselt, aß einen Kohlrabi nach dem anderen und reparierte vor der Scheune die Geräte der Nachbarschaft. Er konnte fast mühelos ein Auto anheben. Marcel dagegen war mager, hatte eine vier in Sport, ein Storchennest auf der Scheune und meine Pullover an. Aber er wusste immer, wo die Katzen ihre Jungen versteckt hielten. Der Überlandbus, die Brücke und erst recht die Stadt befanden sich noch außerhalb Marcels und meiner Vorstellungskraft, das Zuhause endete am Dorfausgangsschild. Kurz nachdem im Fernsehen Berichte von den offenen Grenzen liefen, von kopfschüttelnden Kadern und vor Glück aufheulenden Familienvätern, heulte auch Marcels

Vater auf dem Sportplatz der Grundschule. Sein Name hatte in der Zeitung gestanden, dazu ein Deckname: Zündkerze. Wer von den Nachbarn mit der Lokalredaktion geschwatzt hatte, blieb ungeklärt, aber Marcels Vater wurde ab sofort nicht mehr mit Handschlag begrüßt. Als eine Jahreszeit nach dem Artikel ein neuer Sportlehrer seine Stelle antrat und zwei Jahreszeiten später die Scheune hinter Marcels Haus wegbrannte und sich niemand fand, der es mitbekommen hätte, suchte sein Vater sich eine neue Stelle und fand sie in Bremen. Nur die Großmutter weigerte sich mitzugehen. Wer mir Guten Tag sagt und wer nicht, macht mir nichts, soll sie erklärt haben, aber der Junge, gut haben soll er's driebm. Ab und zu dachte ich noch an Marcel. Aber jedes Jahr ein bisschen weniger, das war jedenfalls der Plan. Ich weiß nicht, ob die anderen, die morgens im Nebel neben mir vor dem Bushäuschen standen, auch an ihn dachten. Vielleicht schrieb Marcel sogar an jemanden und jemand schrieb zurück. Wir sprachen nicht drüber.

Es hatte etwas mit der Zeit zu tun. Mit der Zeit, die in rasender Geschwindigkeit verstrich und von der nach jeder Busfahrt noch genau so viel übrig war wie vorher. Ich hatte so viel Zeit, um drin zu ertrinken; ganz egal, woran ich dachte oder nicht dachte. Schloss ich die Augen, dehnte sich die Zeit. Im Halbdunkel streckte sie sich auf dem Belag der Bundesstraße bis zur Brücke aus, während meine Lider zuckten und ich fünfundzwanzig Träume in einem

Augenblick hatte, fünfundzwanzig oder mehr im Zeitraffer. Ich sah Städte und Gebirge, Plätze und Verkehrsnetze, die ich mir mit offenen Augen nicht vorstellen konnte, an denen ich aber so gern gewesen wäre. Und ich war auch da. Zweihundert Städtenamen in einem Augenblick, verwischt in meinem vorgespulten Film, aber seine Geschwindigkeit kam mir nicht schneller vor als meine eigene, weil ich mich im gleichen Tempo fortbewegte wie meine Träume; in diesem Bus und mit geschlossenen Augen habe ich die Straßenbeleuchtungen von Dover gesehen, siebzigtausend kleine Lichtblitze hinter meiner zuckenden Iris, ich habe sie alle gesehen; solange ich die Augen geschlossen hielt, habe ich gewusst, wie viel das Meer wiegt; aber vor allem ging es um die Zeit: Ich habe Zeit gewonnen in diesem Bus, ich habe sie gutgemacht, ich habe den Morgen gefowlt und für ungefähr zweiundsechzig Minuten, direkt neben dem Mittelstreifen zur Elbbrücke, habe ich Zeit gewonnen, um sie mir aufzuheben hinter meinen Augen.

Später hielten wir die Gesichter in die Morgenluft, die sich inzwischen grau aufgehellt hatte. Fast immer ist es kalt gewesen. Ich kann mich nur an die Winter erinnern. Drei, vier Winter vielleicht, wir gingen zu dritt durch die Einfahrt, über den Rasen und bis zum Schulblock, Gebäude 01. Auf dem Trampelpfad standen die Krähen und rückten kaum zur Seite, wenn wir kamen, die Oberelbischen. Oder sie flogen nur symbolisch auf, ließen sich gleich wieder fallen und behielten uns im Auge. Man konnte ihnen ansehen, dass sie die Felder nicht kannten. Tascha fing immer Streit an, wer von uns in der Mitte gehen durfte. Die Mitte war ein Privileg und wir wechselten uns ab, aber immer gab es Streit darüber. Karen wusste auswendig, in welchen Raum wir zuerst mussten, mir tat die Schulter von der Schultasche weh, wir bahnten uns unseren Weg durch die anderen Grüppchen, die wir kaum kannten und mit denen wir auch nicht redeten. Wir waren die Oberelbischen von der anderen Seite der Brücke, aber wir waren zu dritt und gingen nebeneinander. Die Gänge waren laut und überheizt, es roch feucht und man sprach über die verbogenen Kleiderständer vor dem Physikkabinett, die verschobene Klausur und über das Wochenende auch manchmal, die anderen waren immer schon auf ihren Plätzen und sahen uns an, wenn wir eintraten und in der Türreihe Platz nahmen. Sie drehten die Köpfe nach uns um, die meisten kannten nicht mehr als unsere Namen und Zensuren, aber immerhin. Wir waren ja die Letzten, die kamen, und die Ersten, die wieder los mussten, der Bus kannte keine Zuspätkommer.

Dass ich nur zum Schein anwesend war, diese erste Stunde morgens und die sieben danach, dass sogar meine Atemwolken auf dem Sportplatz nicht echt gewesen sind, dass ich alles, was ich machte, nur zum Schein gemacht habe, war nicht der Rede wert. Meine Abwesenheit hatte etwas mit der Zeit zu tun, die verging, einfach so, ohne weiteres. Aber ich hob sie mir auf, jeden Morgen von sechs bis sieben. Ich hatte Zeit, ich hatte viel davon. Bald würde meine Fahrt erst richtig anfangen. Sie würde lange dauern. Und ich wäre bereit.

Anmerkung

Alle in diesem Band versammelten Geschichten sind phantastischer Natur. Ähnlichkeiten mit real existierenden Personen oder historischen Tatsachen sind rein zufällig.

Danke

Der Anthologie der Studierenden des Deutschen Literaturinstituts Leipzig *Tippgemeinschaft* (2006) für die Erstveröffentlichung von *Dreitausend Blauwale*, der Literaturzeitschrift *Lichtungen* für die Erstveröffentlichung von *Vatertod* (Heft 2007/111) und *Hush little Baby* (Heft 2008/115), der Stiftung Rheinland Pfalz (2008) und dem Berliner Senat (2009) für die geschenkte Zeit und Lotte für ihre Anwesenheit unter meinem Schreibtisch: Danke.